蒙哥马利作品精选 9

说故事的女孩

The Story Girl

（加）露西·莫德·蒙哥马利［著］
李常传［译］

二十一世纪出版社集团
21st Century Publishing Group
全国百佳出版社

图书在版编目（C I P）数据

说故事的女孩 /（加）露西 · 蒙哥马利著；李常传
译 . -- 南昌：二十一世纪出版社集团，2017.3（2022.4重印）
（蒙哥马利作品精选）
ISBN 978-7-5568-0204-3

Ⅰ . ①说… Ⅱ . ①露… ②李… Ⅲ . ①儿童小说 - 长
篇小说 - 加拿大 - 现代 Ⅳ . ① I711.84

中国版本图书馆 CIP 数据核字 (2017) 第 043824 号

说故事的女孩 （加）露西 • 莫德 • 蒙哥马利［著］ 李常传［译］

策　　划	张秋林
责任编辑	刘　刚　敖登格日乐
出版发行	二十一世纪出版社集团（江西省南昌市子安路 75 号　330025） www.21cccc.com　cc21@163.net
出 版 人	张秋林
经　　销	新华书店
印　　刷	三河市人民印务有限公司
版　　次	2017 年 10 月第 1 版　2022 年 4 月第 2 次印刷
开　　本	880mm × 1260mm　1/32
印　　张	7
字　　数	145 千字
书　　号	ISBN 978-7-5568-0204-3
定　　价	20.00 元

赣版权登字—04—2017—177

序

曹文轩

何为上乘小说?

可能会有各种各样的评价标准，但无论如何，大概总要承认，它之所以称得上上乘，最重要的标志就是它塑造了一个乃至几个永不磨灭的形象。作为一部穿越了时空，在今天，在世界的任何一个地方都会熠熠生辉的作品，蒙哥马利的“安妮的世界”系列为世人塑造了一个叫安妮的女孩的形象。这个形象，始终占据世界文学长廊的一方天地，在那里安静却又生动无比地向我们微笑着，吸引我们驻足，无法舍她而去。从阅读“安妮的世界”系列的第一本《绿山墙的安妮》开始，就注定了在掩卷之后我们要不由自主地回首张望，向那个让人怜爱的孩子挥手，再挥手。我们终于离去，山一程，水一程，但不知何时，她却悄然移居我们心上，在今后漫长的人生岁月中，不时地幻化在你的身边，就像她总也离不开风景常在的“绿色屋顶”一样。她的天真纯洁，会让你感动，会让你的灵魂不断得到净化；她柔弱外表之下的那份无声的坚韧，会让你在萎靡中振作，让你面对困难甚至灾难时，依然对天地敬畏，对人间感恩。这个脸上长着雀斑、面容清瘦、一头红发的女孩，是你的“绿色屋顶”，而你也是她的“绿色屋顶”。一个形象能有如此魅力，可见这部塑造了她的作品在文学史上举足轻重的地位。

有一些作品，即使是一些被文学史家和批评家们津津乐道的作品，我们阅读它们时总是很难进入，它们仿佛被无缝的高墙所围，我们转来转去，还是无门可入，只好叹息一声，敬而远之。即使勉强进入，总有一种挥之不去的距离感，读完最后一页，我们依然觉得那书在千里之外冰冷着面孔，像尊雕塑。阅读《绿山墙的安妮》却是另样的感受——说不清的原因，当年我在看到书名时，就有了阅读它的欲望。看来，一部书有无亲和力，单书名就已经散发出来了。接下来就是流畅的毫无阻隔的阅读。这部书是勾魂的。它以没有心机的一番真诚勾着你。它在叙述故事时，甚至没有总是想着这书究竟是给谁读的，作者只是把心中想说的话说出来。这是倾诉，也是亲和力产生的秘密：倾诉就是对对方的信任，这时，你与对方的距离感就消逝了——所有的人都是喜爱听人倾诉的，因为那时他有一种被信任感。蒙哥马利的作品大都带有自传性，是在说她自己的故事，现在她要把它们诚心诚意地讲出来。我们在听着，出神地听着。

除了《绿山墙的安妮》系列之外，蒙哥马利还写了一个叫艾米莉的女孩成长的故事。

同安妮一样，艾米莉也生活在风景如画、民风淳朴的爱德华王子岛；有着阳光般美好的性格和浪漫的情怀；也爱幻想，幻想使她的精神世界异彩纷呈，使她在绝望中看到了生路。而艾米莉对写作的痴迷和追求更像是蒙哥马利本人。当伊丽莎白阿姨让艾米莉放弃写那些无聊的东西时，她说："我是不能放下写作这件事情的！因为，我的身体里面流有那种爱好写作的血液。"正是这种对写作强烈地热爱，使艾米莉的人生更加丰富生动，最终成为当地人人皆知的作家。

还有，就是它的无处不在的风景描写。离开风景，对于作者来说，几乎是不可想象的。

今天的小说，很难再看到这些风景了，被功利主义挟持的文学，已几乎不肯将一个文字用在风景的描写上了。"艾米莉的世界"也离不开风景，离开风景，就会失去生趣，甚至生命枯寂。艾米莉说："有生命的礼物最叫人感到高兴！"她有很多朋友，有猫咪麦克和索儿、有呼呼叫的风姨、"亚当和夏娃""松树的公鸡"，以及温柔宜人的桦树太太……万物有灵，一切都是她生命的组成部分。她是自然的孩子，自然既养育了她，也教养了她。

无论是安妮还是艾米莉，她们的人生称得上是完美而理想的人生，她们是我们所有愿意更好地活着的人的榜样。

目录 Contents

第一章

乡村之家

“真喜欢乡村的道路，可以任由思绪飞向一望无际的前方。”不知何时，说故事的女孩曾这么说过。

我和菲利克离开多伦多前往爱德华王子岛的五月的早晨，我们还没听她这么说过。说实在的，当时我们连说故事的女孩这个人都没注意到，也不了解她为什么被称为“说故事的女孩”。我们知道的是，已经过世的菲莉思蒂姑姑的女儿雪拉·斯大林，在卡拉尔祖父金克农场旁的一个农场和伯父罗佳·金克及奥莉比亚姑妈一起生活。

从奥莉比亚姑妈写给父亲的信来看，她好像是个很快乐的女孩，除此之外，我们就一无所知了。我们感兴趣的是，即将会见到菲莉思蒂、雪莉、达林三人，他们都住在祖父的农场，换句话说，我们应该会在同一屋檐下共同生活一段时间。

列车从多伦多出发时，我们虽然对目的地有些了解，但那里仍然充满许多未知的魅力。

我们想象着父亲的故乡，心中描绘着父亲少年时的家乡；父亲对于那儿根深蒂固的情爱，也使我们对那里有一份憧憬。虽然那是我们未曾谋面的地方，我们却对那儿有一种莫名的情怀，始终期待着父亲带我们去那“怀念的故乡”、位于“金克果树园”前方的老家。到时候，我们便能漫步在“史蒂芬伯父的步道”上，喝到中国式屋檐下的井水，立于“说教石”上吃自己“诞生纪念木”上的苹果。

那一天，比我们预料中来得早。父亲无法带我们一起来，他不能放弃晋升与加薪的好机会，又不能带我们兄弟一起前往利欧德加纳罗赴职，由于母亲早逝，父亲打算暂时将我们兄弟寄养在故乡阿雷克伯父与加妮特伯母家。于是我们从爱德华王子岛出发，准备返乡的女佣照顾着我们。真可怜，她这段旅程一定是战战兢兢的，生怕我们一不小心走失了，非得将我们交到阿雷克伯父手上才安心。

“我没法阻止你们离开我的视线，为了确保旅途平安，最好的方法就是拿两条绳子将你们和我牢牢系住。”这就是女佣担心我们走失的证据。

和女佣道别时，我流下了伤别的泪，当我一眼见到阿雷克伯父时，竟然将伤心全抛在一旁了。

伯父是个矮小的男人，有着消瘦的脸庞、大而忧郁的蓝眼睛——和父亲一模一样的眼睛。看得出来，伯父很喜欢小孩，并且衷心欢迎“安拉的儿子”。坐在伯父身边，我的一切顾虑都消失了，在二十四英里长的路上，我们已经成为了好朋友。

到达卡拉尔时，天色已经暗了。我们登上金克农场山丘后，什么都看不清楚，只见后方挂着一轮五月的淡月，我们兄弟瞪大眼睛期待着。

“哇，是大柳树！”马车在门前转弯时，菲利克兴奋地叫道。

的确很美！一天傍晚，祖父从小河岸耕作返家后，将小柳枝插在了门边柔软的土里，小枝渐渐长高了。据说，父亲、伯父、姑姑最喜欢在树荫下玩耍，以前的小枝现在也已经长成巨大的柳树了。

“明天我们去爬树！”我高兴地说。

右手边朦胧可见茂密的树枝，很明显，那是果树园；左手边就是被针枞包围的老家。这时，身材高大、圆滚、面颊如盛开的芍药的加妮特伯母也出来欢迎我们了。

不久，我们已经坐在厨房进餐，有种流浪归来的感觉。

菲莉思蒂、雪莉、达林坐在对面。我们一边进餐，一边偷看他们三个，结果发现他们也在偷看我们，不时眼光交会。

达林年纪最长，和我一样十三岁；消瘦的脸上缀有雀斑；茶色头发长而直；漂亮的鼻子一看就知道是金客家的鼻子；嘴巴最特别，不论是金克家还是霍特家，都没有这种嘴形，不用说，那是非常丑的嘴巴，大而薄，弯曲得厉害，但由于他笑得很亲切，我和菲利克都对他有好感。

菲莉思蒂十二岁，采用与菲利克伯父双胞胎的菲莉思蒂姑姑的名字。父亲曾向我们提过菲利克伯父和菲莉思蒂姑姑，他们已经在遥远的地方同一天去世了，在卡拉尔旧墓地比邻而葬。

奥莉比亚姑妈来信提到，菲莉思蒂是天生的美女。的确，她没令我们失望，有对美丽的酒窝、深蓝色的大眼睛、浓而长的睫毛、羽毛般轻盈的金黄色鬈发、浅桃色的肌肤——“金克家的肌肤”，金克家的特征以鼻子与肌肤为代表。

她的服装格外出色，照达林的话来说，她是为了我们的到来而特别打扮的。这让我们觉得自己挺伟大的，到目前为止，还没有女性特地为我们打扮过。

十一岁的雪莉也很漂亮——要是她不坐在菲莉思蒂旁边就更好了，菲莉思蒂好像将其他女孩子都比下去了。坐在她的旁边，雪莉显得苍白而瘦弱，但她的脸庞可爱又有气质，美丽的茶色头发加上若隐若现的茶色瞳孔，使我们想起了奥莉比亚姑妈写给父亲的信——雪莉骨子里就像霍特，没有一点儿幽默感，虽然我们不清楚那是什么意思，但凭直觉判断，好像不是赞美之词。

“奇怪，说故事的女孩怎么没来看你们？听说你们要来，她高兴极了。”阿雷克伯父说道。

“她今天身体一直不舒服，奥莉比亚姑妈怕她吹风，要她晚上待在家里休息。她为此相当难过！”雪莉说道。

“说故事的女孩是谁？”菲利克问。

“哦，就是雪拉·斯大林！我们都叫她‘说故事的女孩’。理由一，她说话喜欢有尾音，像说故事一样；理由二，有位住在山脚下的雪拉·雷恩常来这里玩，两个女孩的名字一样，叫起来很不方便，雪拉·斯大林也不喜欢自己的名字，宁愿被称

为‘说故事的女孩’，我们就一直这样称呼她。”第一次开口的达林显得有点儿羞怯，最后又附加了一句，“彼得本来也想来，但不得不回去给他母亲送小麦粉。”

“彼得？”我问。

“是罗夏伯父的儿子，名叫彼得·克雷格，是个脑筋不错的年轻人，连恶作剧也不落后呢！”阿雷克伯父说道。

“那家伙一直希望做菲莉思蒂的恋人！”达林故意说道。

“达林，别胡说！”加妮特伯母严肃地制止他。

“我才不要当雇佣的儿子的恋人呢！”菲莉思蒂不屑地说。很明显，菲莉思蒂认为彼得没资格追求她。

我们的房间面向东边的针枞林，估计父亲以前睡的就是这个房间。

打开窗户，可以听见青蛙的歌唱声。在多伦多也听过蛙唱，但爱德华王子岛的青蛙音色的确更甜美，环绕在这个古老的家庭周围的故事也令人心动。这里是故乡，父亲的故乡，我们的故乡，曾祖父九十年前就在这个屋檐下扎下爱情的根基，这基础也稳住了我们少年的心灵。

“你听听看，那是不是和父亲小时候听见的蛙声一样呀？”菲利克喃喃说道。

“应该不是同一只青蛙，父亲已经离家二十年了！”我虽然不知道青蛙的寿命有多长，仍然提出了异议。

“也许是父亲所听的那些青蛙的子孙呦！它们都在沼泽地唱歌呢。”

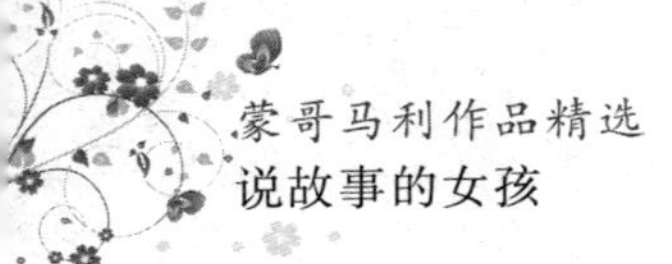

房门打开，隔着狭窄走廊的对面房间里，女孩们一面整理床铺一面高声谈话。

“你觉得男孩子们怎么样？”雪莉问道。

“我觉得伯利很帅，菲利克太胖了。”菲莉思蒂立刻回答。

菲利克用毛巾被蒙着脸发出了呜咽声，我开始对菲利思蒂怀有好感。

“我觉得他们两个都是美男子！”雪莉说道。

多善良的女孩啊！

“说故事的女孩不知怎么样？”菲莉思蒂说道。

我们已经这么受人喜欢，说故事的女孩喜不喜欢我们，已经不那么重要了。

“说故事的女孩是个美女吗？”菲利克高声说道。

“不是美女，第一眼见到她，觉得一点儿也不美，但大家都说她讲话的时候很美。”达林在房间另一角落的床铺上回答。

女孩子的房间砰的一声关起来了，整个家陷入一片寂静。我们默默想着是否会受到说故事的女孩的欢迎，进入了温柔的梦乡。

第二章

心中的女王

日出后不久我就醒了。五月的阳光从针枞叶空隙间射进来，柔和的风吹动树枝。

“菲利克，起床了！”我摇着菲利克叫道。

“怎么了？”菲利克有气无力地说。

“天亮了，我们出去走走，到父亲告诉过我们的地方看看。”我们悄悄爬出棉被，轻声地换着衣服，以免吵醒熟睡中的达林。

走下楼梯，一片静谧，厨房好像有阿雷克伯父烧柴火的声音，整个家的心脏部分尚未鼓动。我们在玄关处伫立了一会儿，看着那个大“爷爷时钟”，时钟已经停摆，但我们仍感受得到父亲儿时的家庭气氛。

我们打开玄关门走向户外，胸中的喜悦开始跳跃。南方吹来的和风，像是迎接我们一样，头上是一片澄澈的天空。

我们的正对面是被针枞松围绕的有名的金克果树园，果树园的历史交织在我们记忆的最高峰，照父亲的说法，如果不熟

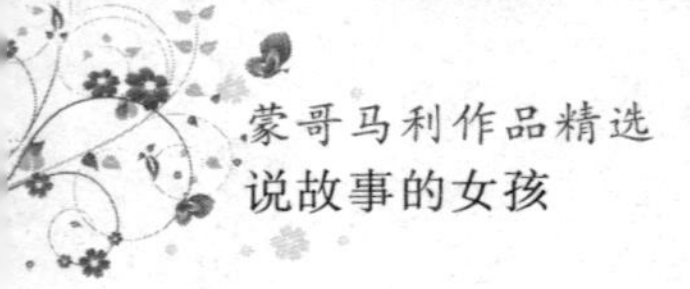

悉果树园，也许会迷失在里面。

大约六十年前，祖父带着妻子来到这里，种下了结婚纪念树苗。那些树现在不见了，但父亲少年时代还有，据说花如同朝阳般鲜红，像是人生与爱情那红润的双颊。

祖父阿布拉哈姆和祖母伊丽莎白每生下一个孩子便为小孩种植一棵树。两人共拥有十四个孩子，每个小孩都有自己的“诞生纪念木”，每当家有喜事，纪念木就增加一棵。就这样，在爱与欢笑交织的岁月里，形成了绿色的美丽纪念碑，到孙子这一代，也还拥有自己的树木。每当传来诞生消息时，祖父便种一棵，不仅是苹果树，也有樱桃、水梨、李子树等。每棵树都以被纪念者的名字称呼，我和菲利克都听过“菲莉思蒂姑姑的梨树”“茱莉亚阿姨的樱桃树”“阿雷克伯父的苹果树”“史考特先生的李子树”等名称。

现在，果树园就在我们面前，打开大门就可以进入传说中的土地。这时，我们的目光都投向左方，那是通往罗佳伯父家的小径。小径被针枞包围着，入口处有一位少女，脚边站着一只灰色小猫，少女举起一只手亲切地向我们打招呼，顿时我们忘记了果树园，这就是说故事的女孩吧！优美的丰采，有一股难言的魅力。

我们向少女走近，她十四岁，身材高而挺拔，白皮肤，长脸——太白太长了，深褐色的鬈发，后面系着一个红色蝴蝶结，唇如芥子般红，瞳孔闪耀着光泽，我们觉得她并不算漂亮。

少女开口道：“早安！”

我们没听过像她那种声音，从来没有，可以说是澄澈吧，也可以说是甜美，或者说是如铃声般响亮，但这些都不足以说明她的声音。

“你们是菲利克和伯利吧？”她握住我们的手说道。她和菲莉思蒂及雪莉的内向完全不同，瞬间我们就像遇见百年知己一般敞开了心扉。

“真高兴碰到你们，昨天没办法去看你们，心里很难过。没想到你们也起这么早，这样可以让我多说些话，我比菲莉思蒂和雪莉更会说。你们认为菲莉思蒂非常漂亮吗？”

“她是到目前为止，我见过的最漂亮的人。”我想起她说我英俊，便脱口而出。

“男孩子都这么认为！”说故事的女孩以不怎么愉快的口气说道，“我也这么认为。她才十二岁，就能做出那么精致的料理，真不简单。我对烹饪是一窍不通，怎么学都学不会，奥莉比亚阿姨说，我没有烹饪细胞。我很想学，可是菲莉思蒂说我很笨，但她不是故意的。我喜欢菲莉思蒂，雪莉更聪慧，是个可爱的女孩，阿雷克舅舅也是好人，还有加妮特舅妈也很好。”

“奥莉比亚姑妈是什么样的人？”菲利克问。

“她是个很漂亮的人。”

“是好人吗？”

“是啊！可是，已经二十九岁了吧！很有气质！”

“罗佳伯父是什么样的人？”这是我们的第二个问题。

说故事的女孩稍微想了一下：“这个嘛，我很喜欢罗佳舅舅。

他很风趣，但太会开人玩笑了；他很少生气，也很少有不高兴的时候，是个单身中年人。”

“他不想结婚吗？”菲利克问。

“不知道，奥莉比亚阿姨倒是希望罗佳舅舅和她结婚，可是罗佳舅舅一直在找完全理想化的人，大概不会结婚了。”

我们一起坐在针枞松树上，灰色大猫向我们靠近，显得很威风，有着一身浓密的银灰色毛。

“这是脱普西吗？”说出口后，我立刻后悔自己会问这么愚蠢的问题。父亲说的那只猫，是三十年前的事，即使猫有九条命，也不会活这么长啊！

“不是，它叫巴弟，是专属于我的猫。贮藏室也有好几只，但巴弟都不和它们交往。我和猫相处得很好。对了，真的很高兴你们能来这里，我们现在男孩子不够……女孩子有四个，男孩子只有达林和彼得。”

“四人？哦，是雪拉·雷恩吗？她是什么样的女孩？住在哪里？”

“她就住在山丘下，家被针枞围住了，看不见的。雪拉人很好，才十一岁，总是得不到母亲的欢心。真可怜！雪拉脸色显得苍白，她母亲除了给她吃正餐，从来不让她吃其他食物。她母亲认为，让小孩吃得太饱，或给零食吃，对身体不好。我们生长在这么好的家庭，真幸福！”

“是啊！”菲利克喃喃应声回答。

“我常常在想，如果爷爷不和奶奶结婚，不知会发生多么恐怖的事，我们这些孩子就不会被生出来。即使诞生，也是和

他人的血混合在一起，想想就恶心，还真得感谢爷爷娶了奶奶呢！”我和菲利克不禁颤抖了一下，好像从恐怖与危险中逃脱一般。

“谁住在那里？”我指着对面的人家问道。

“啊，那是笨先生的家！他名叫加士帕·德尔，大家都称他笨先生。他会写诗，还称自己家是‘黄金墓冢’，不和他人交往。如果你们想知道他的事，有机会我再说给你们听。”

“那里住些什么人呢？”菲利克问。从树木缝隙之间，可以看见西方山谷里的灰色屋顶。

“那是贝克·保恩奶奶家。她是个非常奇怪的人，冬天家里养了一大堆动物，夏天便四处向人乞食。据说脑子坏了，每当大人们吓唬小孩时，总是说，不听话就让贝克·保恩抓走。以前我听了总是很害怕，现在不会了。彼得说那位奶奶是个魔女，我才不相信呢！我相信世界上有魔女，但爱德华王子岛一定没有。有机会我再讲魔女的故事给你们听，保准让你们毛骨悚然。”

毋庸置疑，如果由说故事的女孩那种声音来讲故事，一定令人毛骨悚然。

但是，这个五月的清晨，我们最想知道的，是和我们有血脉关系的果树园。

“好，我也知道那里的故事。”说故事的女孩说道。我们随她在后面站了起来。

说故事的女孩打开果树园的大门，我们进入了果树园。

第三章

果树园的传说

果树园外的草有如绿芽，园内则有如天鹅绒般平滑，说教石的底部绽放着紫色条纹的三色堇。

“和父亲告诉我们的一样。哇，还有中国式的水井呢！”菲利克惊叹道。

我们踏着薄荷的嫩芽靠近井边，那是一口深井，是史蒂芬伯父从中国旅行归来后建造的，一面覆盖着尚未发芽的常春藤。

“常春藤长出叶子，长长垂下来时，那种美丽真的难以形容。小鸟也会在里面筑巢，每年夏天，还会有野生金丝雀飞来。右井缝间长出了羊齿草，覆盖着井的另一面。这里的水很甘甜，爱德华舅舅每次一出国，就会想念这口井水，这个井非常有名。”

“这杯子和父亲在时的一模一样。”菲利克指着小台架上的旧瓷碗说道。

“那个杯子啊——”说故事的女孩用充满感动的语气说道。

“你们别吓到，那个杯子放在这里四十年了，几百人用它喝过水，但它始终没破裂。茱莉亚阿姨曾将它掉到井里，捞上来后，只不过边缘稍微缺了个角而已。我觉得，这杯子和金克家的命运息息相关，这是阿姨次等杯组的最后一个杯子，最上等的杯子全部齐备，由奥莉比亚阿姨收藏。我曾央求她让我看了看，的确美极了，阿姨只在家有喜事时才使用那组杯子。”

用蓝色杯子喝下一口水后，我们便去看诞生木。实际上，那只是一棵棵巨大的树木，我们很沮丧，原以为是像我们一样的小树呢！

“你的苹果生吃也很美味。”说故事的女孩对我说，“可是菲利克的就只能用在烤派上。后面那两棵是双胞胎之木——我母亲和菲利克舅舅的苹果太甜了，只给小孩子吃。那棵高大且直的树木，是自然生成的，果实太苦了，没人敢吃，连猪都不吃。加妮特舅妈曾用那棵树的苹果做派，结果没人敢吃，只能全部扔掉。真可惜！不但苹果浪费了，连砂糖也白费了。”说故事的女孩声音如珍珠般散落在早晨的空气中。

“我很喜欢听你说话。”菲利克天真地说。

“不只你，大家都喜欢。我说话令人愉快，我也很喜欢说，就像我喜欢菲莉思蒂和雪莉一样。”

“不管别人怎么样，反正我喜欢。”

正好这时候雪莉来了，大概今天轮到菲莉思蒂帮忙做早餐了，所以没看见她来。

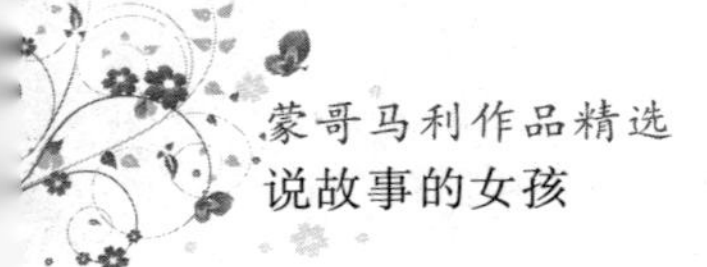

我们一起往史蒂芬伯父的步道进发，步道由果树园西侧的两排苹果树组成。史蒂芬伯父是阿布拉哈姆和伊丽莎白的第一个儿子，一点儿也没遗传祖父热爱森林牧草的血统。祖母出生于霍特家，史蒂芬伯父的身体中或许流着这个海员家族的血液。无论祖母如何叹息，也无法阻止他出海，后来他从海的那一方回来，用异国带回的苗木建造了果树园。

史帝芬伯父再度出航，从此再也没有那艘船的消息。在等待的岁月中，祖母的茶色头发开始发白，果树园也开始接受哭泣的洗礼。

“花开时节在这里散步是一大享受。这儿像是仙女的国度，有如散布在宫殿中。”说故事的女孩说道。

我们从散步道走向说教石。说教石位于西南角，是灰色的大玉石，和大人的背差不多。前面平滑，后面则为平坦的斜面，形成了天然的阶梯。说教石在伯父姑姑们的玩乐上担任着重要的任务。爱德华伯父八岁时，曾在这块灰色大石上第一次说教。

说故事的女孩登上巨石，在中间坐了下来。

“跟我们讲讲果树园的故事吧！”我说。

“有两个故事比较有名，被吻的诗人和祖先幽灵的故事，你们想听哪一个？”

“都想听，先听祖先幽灵的故事吧。”菲利克说。

“幽灵的故事黄昏讲比较有气氛。”

“别说得太恐怖嘛！”菲利克说。

我们聚精会神地倾听，连不知听过几遍的雪莉也和我们一

样热衷。

“很久很久以前……”说故事的女孩开始讲故事了，她的声音带来了远古的气息。

外公的堂侄女艾美·金克，双亲相继过世，和外曾祖父母住在一起，是位非常可爱的女孩。她有着茶色的眼睛，很内向，从不敢正眼看人。哦！就和雪莉一样。她是茶色鬈发，像我一样，双颊像粉红色的蝴蝶，有颗小痣。

那时这里并没有什么果树园，只是一片原野，但有一棵白桦树，就在阿雷克舅舅那棵大树附近。艾美喜欢在白桦树下种羊齿草，在树下读书、缝衣裳。她有个恋人，名叫马加姆·霍特，像王子一样英俊潇洒。他们彼此深爱着对方，却不说出口，总是一起坐在白桦树下，不谈爱情，只一味地谈其他事情。

有一天，马加姆告诉艾美，明天有很重要的事情告诉她，要艾美在白桦树下等他。艾美答应了。那天晚上，艾美一定为这件事而睡不着吧。究竟是什么事这么重要呢？要是我的话，一定也睡不着。

第二天，艾美穿上了最漂亮的水蓝色衣裳，将头发刻意梳整了一番，依约走到了白桦树下。正在甜蜜等待时，一位附近的男子前来告诉艾美，马加姆·霍特因子弹爆炸而身亡了。艾美一听，双手捧心昏倒在羊齿草中。艾美清醒后，既不叹息也不伤心，完全变了样，从此没有复原。只有在穿着水蓝色衣裳站在白桦树下等待时，艾美的脸庞才稍露愉悦之色。随着冬天

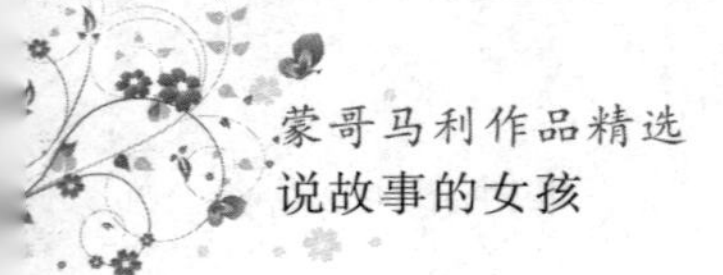

的来访，艾美死了，但来年春天……

后来有人说看见艾美依然在白桦树下等待，没有人知道这个传说是从谁开始的，我母亲见过艾美一次。

“你见过吗？”菲利克问。

“没有。相信也许什么时候会看见。”说故事的女孩充满自信地说。

“我不想看，好恐怖！”雪莉发抖地说。

“没什么好恐怖的，又不是外来的幽灵，而是和我们有血缘关系的幽灵，不会害我们的。”说故事的女孩说。

真的难以相信，幽灵竟和我们有血缘关系。说故事的女孩说起故事来非常逼真，还好现在是大白天，否则一定更恐怖。

现在眼前出现的并不是穿蓝色衣裳在树下等候的艾美，而是踏着绿草坪而来的菲莉思蒂，她的鬈发就像金色的云朵飘在身后。

“菲莉思蒂不知道有没有漏听了什么。”说故事的女孩愉快地捂嘴说道。

“早餐准备好了，父亲要等安顿好那只生病的牛才吃早餐，现在还有时间说故事。”菲莉思蒂说。

我和菲利克只顾望着菲莉思蒂那红润的双颊与闪闪发光的瞳孔，她的脸庞就像绽放的蔷薇般美丽。说故事的女孩一开口，我们的注意力也随之移转——

外公、外婆结婚约十年后，一天，一位年轻男子前来拜访，他是外婆的远亲，是一位诗人。诗人为了找到写诗的灵感而进入果树园，躺在外公树下的长椅上睡觉，正好这时艾蒂大舅妈也来到果树园。当然，当时她还没成为大舅妈，还是位十八岁的女孩，有着鲜红的双唇与黝黑的眼睛及头发。据说，大舅妈很顽皮，当时她正从外地回来，根本不知家中有诗人造访，还以为长椅上躺的一定是苏格兰来的表哥。大舅妈悄悄地走到诗人身边，俯身亲吻了他。

诗人睁开蓝色的大眼睛，一直盯着艾蒂舅妈看，艾蒂舅妈也羞红着脸，知道自己做错事了。这个人应该不是苏格兰来的表哥，因为表哥在信上表示，自己的眼睛和艾蒂一样是黑色的。艾蒂害羞得转头就跑，当她知道他是有名的诗人时，更难为情了。

过了不久，诗人将这个回忆写成了一首美丽的诗送给艾蒂舅妈，并将此诗纳入他的诗集中。

我们好像看见了当时的情景。

“要是他们能结婚就好了。”菲利克说。

“我也这么希望呢！有时候我们在草坪上扮家家酒，就以这个故事为主题。彼得不喜欢扮演诗人，达林也不喜欢，通常是由菲莉思蒂演艾蒂。”说故事的女孩说。

“彼得是谁？”我问。

“彼得住在马克街。他母亲为了负担家计而帮人洗衣服，父亲在他三岁时，就抛下他们母子出走了，没再回来过，也不知

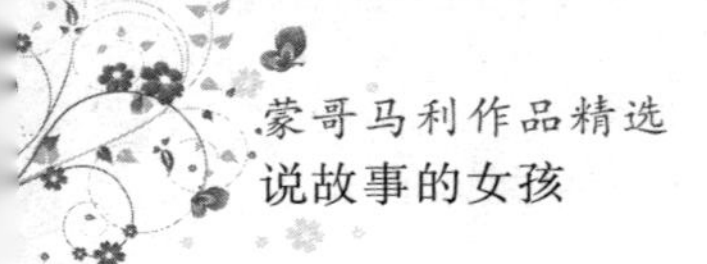

是生是死。彼得为了生活，六岁就开始工作，罗佳舅舅送彼得去学校，我们都很喜欢彼得，除了菲莉思蒂。”

“如果彼得身份和我们一样，我就喜欢他。可是他们家人都太溺爱他了，是我的母亲告诉我的，他没什么教养，连学校也懒得去，跟我们不同。”菲莉思蒂说。

就像风吹动小麦形成的波浪，说故事的女孩也传来笑颜。

“彼得是个绅士，即使你为了有教养而上学一百年，也比不上他，他可是个很有意思的人呢！”

“他不是连字都不会写吗？”

“威廉这个征服之王不也不会写字吗？”说故事的女孩反击道。

“他不但不上教会，也根本不祷告。”菲莉思蒂不甘示弱地说。

“谁说的？我时常祈祷啊！”突然，彼得从木栏边出现。

彼得是风度翩翩的俊美少年，黑色的眼睛像在微笑，拥有一头浓密的黑发，穿着一件褪色的衬衫和旧长裤。不知为什么，他看起来好像很有气质。

“你才不像我们这样时常祷告呢！”菲莉思蒂不屑地说。

“上帝一定也不喜欢勉强别人。”彼得说。

这句在菲莉思蒂听来是异教徒的话，说故事的女孩似乎觉得很有道理。

“反正你根本不上教会的。”菲莉思蒂不服输地说。

“下决心加入美以美派或长老派之前，我不打算去教会。洁恩姑妈是美以美派的人，我母亲认为两派都可以，但我还是会择一加入。等我决定后，当然就会和你们一样上教会了。”

“这和与生俱来的不同。”菲莉思蒂傲慢地说。

“与其人云亦云，不如自己选择来得好。”彼得回应道。

“好了，你们也吵够了。彼得，这是伯利·金克，他们要和我们一起度过这个夏天，如果你和菲莉思蒂老是这样吵吵闹闹的，我们不就没得玩了？彼得，今天打算做什么？”雪莉问道。

“我要用木锄替奥莉比亚刨花坛的土。”

“我今天要帮母亲种菜。”菲莉思蒂说。

“我不喜欢菜园，当然，肚子饿的时候另当别论。我最喜欢花园，真希望能住在花园里，住在花园里的孩子一定不会变坏。”说故事的女孩说。

“阿达姆和伊布不也一直住在花园里吗？他们却不是好孩子。”菲莉思蒂说道。

“如果他们没住在花园里，一定更坏。”说故事的女孩说。

远处传来呼唤吃早餐的声音，除了彼得和说故事的女孩，其他四个人都往家的方向进发。

“你们觉得说故事的女孩人怎么样？”菲莉思蒂问。

“很好啊！没听过说话这么好听的人。”菲利克得意扬扬地说。

“她不会烹饪，你们知道吗？她的皮肤不漂亮，她说长大后想当演员，你们说恐不恐怖？”我们还不大能领会她的意思。

“反正演员总是不太正常的，不过我父亲会帮她的吧！”菲莉思蒂说。

“奥莉比亚姑妈说她有魔力哦！”雪莉说。真是恰当的形容，即使菲莉思蒂也无法否认。

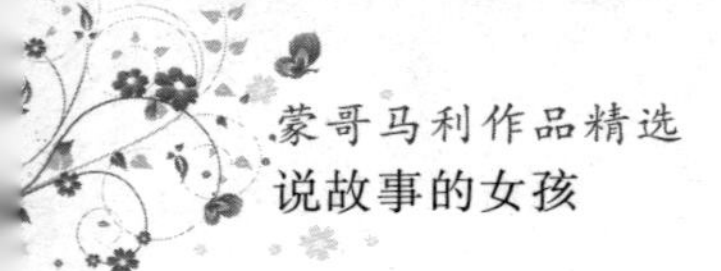

达林到了早餐中途才缓缓下来，加妮特伯母严厉地批评了他一番。至此，我们已经大略看出这个夏天的生活状况，奇妙的说故事的女孩、愉快的菲莉思蒂、羞怯的雪莉、玩伴达林与彼得……这么美好的组合，夫复何求？

第四章

傲慢女孩的婚礼丝带

来卡拉尔两个星期后，我们已经和这里人的生活融在了一起，也和彼得、达林、菲莉思蒂、雪莉、说故事的女孩以及苍白脸上有灰色瞳孔的雪拉·雷恩玩得很投缘。当然，我们也必须上学，必须担负人人都被分配的家务，但我们仍有很多玩耍的时间，当播种期结束，彼得的空闲时间也更多了。

我们很喜欢奥莉比亚姑妈。她是位亲切的美女，对小孩很有一套，不是限制小孩的那一套，而是懂得让小孩自由，在许可范围内，怎么做都没关系。加妮特伯母就不同了，总是照顾得无微不至，各种小事都要管，但我们听进去的不到一半。

罗佳伯父一如我们听说的，是个富有朝气的人，喜欢嘲弄别人，我们喜欢他，有时也受不了他。

对于阿雷克伯父，我们比谁都注入更多的感情。在阿雷克

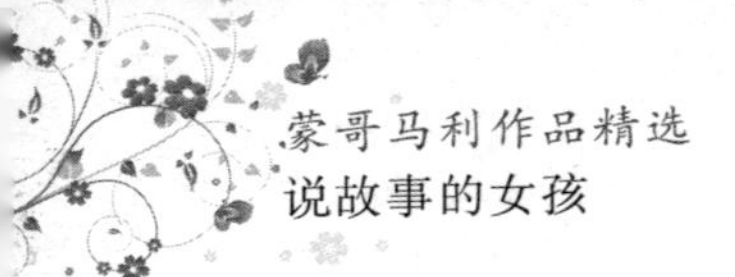

伯父的庭院里，我们做什么都没关系，他总是将我们当作朋友，我们也无须猜测他话中的含义。

卡拉尔小孩们的社交生活以主日学校为中心。由一位女老师授课，这让我们已经不再觉得每周出席主日学校是一项讨厌的义务；相反，大家总是愉快地期待着。

说故事的女孩曾想以传道为业，首先她想说服彼得上教会。

菲莉思蒂对这个计划表示不赞同。

“他从出生开始，连一次教会也没去过，你要是带他去教会，说不定他会做出什么使你丢脸的事情。如果你要为未开发地区的人筹募基金，我可以帮你，但要我和雇佣的儿子一起去教会，免谈。”菲莉思蒂说。

说故事的女孩并不屈服，不断地说服彼得。这不是一件轻松的差事，彼得不但不上教会，还硬说暂时没决定选择美以美派还是长老派。

“选择哪一派都一样，都是要到天国去的。”说故事的女孩说。

“总有一条路比较顺利吧！否则又何必分成两派呢？我想找出比较适合我的一条，我想加入美以美派，洁恩姑妈就是美以美派。”彼得提出自己的议论。

“现在还是吗？”菲莉思蒂以傲慢的口气问。

“我不清楚，她已经死了。人死后还是有同样的生活吗？”彼得问道。

“不，死后就成为天使，到天国去了。”

“如果不到天国，而去其他地方呢？”

菲莉思蒂的神学在此崩裂，她不屑地转身离去。

说故事的女孩又回到了主题。

“我们的牧师不错，很像父亲送我的圣约翰画像，只是年纪稍长，多些白发，你一定会喜欢他的。就算你打算加入美以美派，先到长老派教会也没什么关系啊！最近的美以美教会都离这里有六英里路呢，要买匹马骑着去也得等你长大后，还是先去长老教会吧！”

“可是，如果等我想改成美以美派却无法改变时，该怎么办？”彼得说。

就这样，说故事的女孩辛苦地说服彼得，一直耐心等待着。终于有一天，彼得屈服了。

“他明天要和我们一起去教会了。”说故事的女孩夸耀地说。

除了菲莉思蒂，所有人都很高兴。菲莉思蒂对我们提出了不吉利的预言和忠告。

“你不吃惊吗，菲莉思蒂？可怜的孩子要踏上正途，我们应该举双手欢迎啊！”雪莉严肃地说。

“彼得出门最漂亮的一件长裤都有一个大破洞呢！”菲莉思蒂不屑地说。

“破洞总比没有好吧！上帝不会在意的！”说故事的女孩说。

“可是卡拉尔人会在意。彼得穿上布鞋后，我们还看得到他的脚趾头呢！说故事的女孩，你想想看，这会让别人怎么想？”菲莉思蒂不罢休地说。

“这没什么，彼得是个懂道理的人。”说故事的女孩不急不

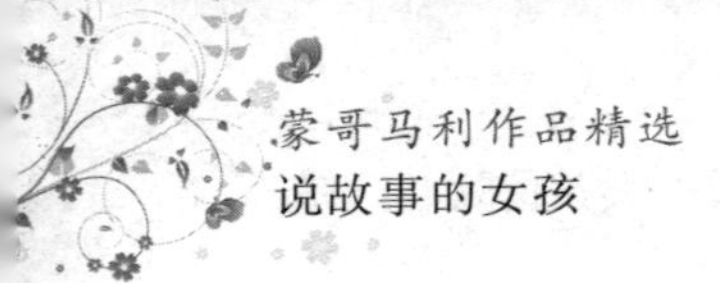

缓地说。

“好吧！但愿彼得将耳后洗干净再来。”菲莉思蒂以死心的表情说道。

“巴弟今天怎么样？”雪莉想改变话题。

“没有好转，一直躺在厨房。罗佳舅舅说一定要让它吃药，可是怎么喂呢？后来我们将药粉混在牛奶中，叫彼得压住它，从它的喉咙灌进去，结果，巴弟全吐了出来。”说故事的女孩忧郁地说。

“真伤脑筋，如果、如果巴弟有什么三长两短——”雪莉喃喃说道。

“我们就为它举行一个愉快的葬礼。”达林说。

大家一齐转头看达林，达林急忙辩解：“如果巴弟死了，我当然会很伤心，但又能怎么样呢？难道你们不为它举行葬礼吗？它也是家族成员之一啊！”

说故事的女孩在草坪上吃完派后，将身体趴在草地上，两手托住下颚，凝望着天空。她总是这样，脑袋里不知在想什么。

“哇！你们看，那又薄又长的云好像蕾丝。女孩子看到这种云，总会想起什么。”说故事的女孩说。

“婚礼的丝带。”雪莉说。

“是的，傲慢女孩的婚礼丝带，我知道这个故事，很久很久以前读过——”说故事的女孩的瞳孔像梦境一般，她的话像蔷薇花瓣飞舞在夏风中。

有一位世界上最美丽的公主，所有的国王都希望娶到她。

但公主对于自己的美貌很得意，对所有求婚者的响应都只是嘲笑。公主的父王希望能挑选到一位合女儿心意的女婿，但公主总是傲慢地将一只手托住下颚，这么说："直到统御世界的国王出现，我才会和他结婚，如此一来，我就能成为世界之王的新娘，任何女人都无法超越我。"

就这样，每位国王为了打倒其他国王，发动了许多战争，产生了不少流血的悲剧，傲慢的公主每天只是大笑、歌唱。公主和侍女们做了一个别致的蕾丝带，打算在王中之王出现时，送给他。那真的是一根美轮美奂的带子，但每在那带子上缝一针，就必须牺牲一位妇女，将她的心撕开。

有一位国王认为只有自己才有资格统御其他国王。正好此时有位国王前去归附他，渐渐地，其他国王也纷纷前来归附，但始终无法产生王中之王。渐渐地，大家认为高傲公主的夫婿根本无法诞生，除了想和公主结婚的国王，每个人都觉得公主是灾祸之首。

有一天，出现了一位个子高大的男子，乘着白马而来，说是想和公主结婚。大家都笑了，男子没带任何仆人，穿着普通的衣服，连黄金王冠也没有。

"我是王中之王。"男子说。

"在我和你结婚之前，请你证明给我看。"傲慢的公主说道。公主全身发抖，脸色苍白，男子笑声中有令公主恐惧的成分。

"美丽的公主，这很简单。你必须带着你父王和所有侍从、马车来到我的王国，现在必须立刻和我结婚。如果到了我的国

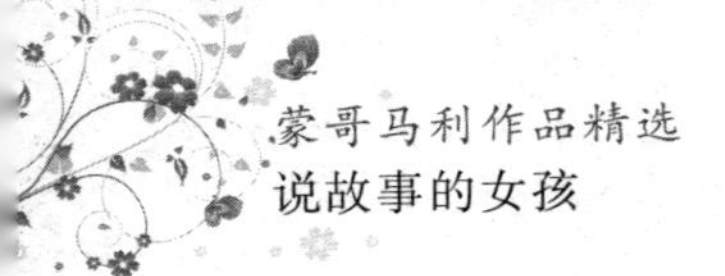

家，你不认为我是世界之王，只要将戒指还给我，我将永远不会再打扰你，让你回到你们国家，一切照旧。”

这是很奇妙的解释，虽然大家都不知如何决定，但高傲的公主为了成为世界之王的新娘，答应了这位男子，两人立刻结了婚。

典礼结束后，新郎抱起新娘乘上白马，公主的父亲和宫廷里的人都跟随在后，一行人浩浩荡荡地前进。不久，天色昏暗起来，风也开始呜咽。黄昏，一行人走到黑暗的山谷间，那里满是墓石。

“为什么带我来这里？”傲慢的公主怒吼道。

“这就是我的国家，这里全是跟随我的国王之墓。美丽的公主，来抱我吧！”

之前一直用纱巾遮面的男子，这时抬起头来，让大家看见他恐怖的面孔。傲慢的公主发出了悲鸣。

“我的新娘，我才是胜利的王中之王！”男子大声叫道。

死神将昏倒的公主抱在怀中，白马车向墓石中奔去。突然，大雨降临山谷，遮住了整个世界。年老的国王和侍从们只得返回宫中。

从此，公主再没有出现过，每当天空出现长长的白云，公主国家的人们就会大叫：“看啊！那就是傲慢的公主的婚礼丝带！”

说故事的女孩结束故事后，我们都还感受得到那恐怖的气氛。

“别那么傲慢哟，菲莉思蒂！”达林说。

第五章

彼得上教会

由于督导与老师们出席马克汀举行的团体礼拜，下午主日学校停课。卡拉尔的礼拜是在黄昏时刻，日落时，我们便在阿雷克伯父家的玄关等彼得和说故事的女孩。

彼得和说故事的女孩终于出现了。我们不约而同地望向彼得长裤的破洞，结果发现，彼得今天的打扮很端正，还系上了领结，乍看之下，脚上穿得没什么问题，仔细观察，却是漏洞百出。

“彼得，那双袜子怎么了？”达林若无其事地问。

“哦！我找不到一双没有破洞的。”彼得迟钝地回答。

“我母亲这星期很忙，没时间帮我缝。我把两双袜子套在一起，反正破洞的地方不一样，不仔细看是看不出来的。”

“有没有带捐献的一分钱来？”菲莉思蒂问。

“我带了美金的一分钱，我想那可以用。”

菲莉思蒂激动地说：“不行，不行，那也许可以在店里买到

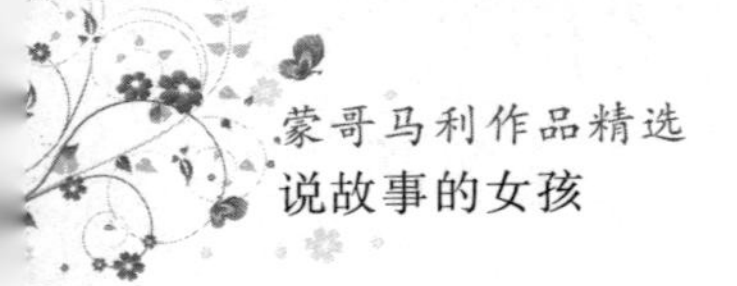

鸡蛋，但在教会绝对不行。”

“那我也没有其他的了。我一星期只赚五十分钱，昨晚都交给母亲了。”

彼得没有一分钱是不行的，结果达林和彼得约好下星期归还后，便借他一分钱。

罗佳伯父这时正好过来，笑着看看彼得。“彼得，什么使你改变了呢？连奥莉比亚的柔美说教都无法奏效，是什么动机使你成为教会的人呢？”罗佳伯父以嘲笑的表情看着菲莉思蒂，很明显，罗佳伯父认为菲莉思蒂是关键。

“彼得之所以上教会，全是说故事的女孩的功劳，和我无关。”菲莉思蒂抬头说道。

我们一行人一块儿走到山脚下约雪拉·雷恩。

卡拉尔教会是一幢古老的建筑物，周围墓地环绕，窗的正下方也有很多墓碑，我们总是通过角落的小径——那四代长眠的地区。

那儿有用岛产的砂岩做出来的金克家曾祖父之墓，几乎看不见任何记录他生平的文句，只有曾祖母所作的短短八行诗。第一个礼拜日，菲利克读完那八行诗后，觉得它不像诗那样响亮。

还徘徊在果树园的艾美也在那儿长眠，亲吻诗人的艾蒂就不在这里了，她死在遥远的国外，异国的涛声敲响她的墓石。

有柳枝垂下的白色大理石墓，是金克家祖父母埋葬的场所，红色苏格兰柱子正立于菲莉思蒂姑姑与菲利克伯父的墓石之间。

说故事的女孩离开我们，到母亲墓前放上一束三色堇，高声念出墓石上的字——生时充满爱与欢乐，死时永不分离。

听见说故事的女孩的声音，我们也希望自己活得这么有价值。

“如果我也有家族墓地就好了。”彼得羡慕地说。

我们走进教堂，彼得的出现并没有如我们预期的那样引起注意，事实上，好像没有人注意到他。

“没想到教会是这样的，很气派！”彼得说。

菲莉思蒂皱着眉头，说故事的女孩用脚踢了踢彼得，提醒他在教会不可以说话。彼得紧张地集中注意力做礼拜，说教完毕开始捐献时，彼得的上场引起了全场大骚动。

爱尔达·菲尔是位脸色不好、脸型又长的人。他拿着捐献箱出现在我们席位上，我们都和爱尔达很好。他是加妮特伯母的表弟，时常来家里玩，平常总是一副乐天模样，而到了星期天，就会表现出郑重其事的态度。两种表情的对比，让人觉得很不可思议，彼得往捐献箱投钱时，不禁大笑了起来！

全体人员都朝我们这边望过来，难以相信，菲莉思蒂没在瞬间羞辱而死。只见说故事的女孩和雪莉脸色苍白，彼得也自觉做错事，连忙低下头，到礼拜结束都不敢抬起，像只丧气狗。

直到月光洒落街道，我们都没人说话。菲莉思蒂最先打破沉寂，对说故事的女孩抱怨道：“我不是对你说过了吗？”

说故事的女孩没回答，彼得小心翼翼地嘀咕道：“真的很对不起，我实在不是故意的，可我忍不住，我——”

“请你不要再和我说话了！”说故事的女孩大叫道，冷淡而

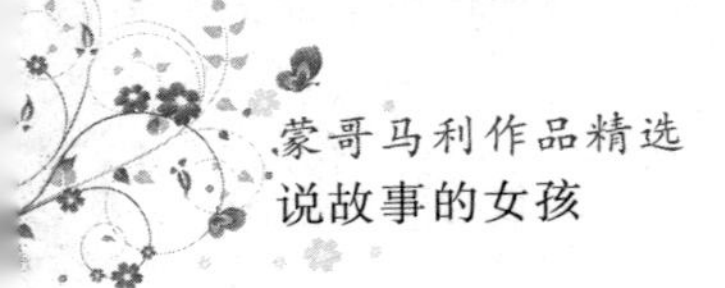

激动地说，“你让我感到羞耻。”

她立刻拉着雪拉·雷恩离开了，彼得缓缓走向我们，喃喃说道：“我到底做了什么？你们怎么会这么对我呢？”

“哈，你不知道自己做了什么吗？”我不客气地说。

“我不是故意的，之前有两次，我一直想笑，但都忍下来了。使我笑出来的是说故事的女孩的话，所以她对我这么生气很不公平。我想起她说过只要一看到沙米尔·霍特的脸，就想起那个人在吵架时倒下去的样子，说故事的女孩还模仿他呢！

“我看见说教台时，就想起苏格兰人牧师的故事。那个人太胖了，无法很自在地走进门，一定得用双手用力推，才能挤进去，然后对另一位牧师说：‘这个教会的门不是为活人做的，而是为灵魂造的。’

“我想到这里，正好菲尔先生过来了，我想起了他的故事。他第一任夫人罹患肺病去世后，他向茜莉亚求婚，茜莉亚告诉他，必须将胡子剃掉才和他结婚，但菲尔并没将胡子剃掉。有一天，他在烧刷毛时，不小心将一半胡子烧掉了，大家想，他应该会将另一半胡子剃掉吧！但他没有，另一半胡子长出来之前，他都侧着身走路，后来茜莉亚和他结婚，他也如约不正面对着茜莉亚。

“想到这里，菲尔正好拿着捐献箱出现在我面前，我才忍不住笑出来。”

说到这里，大家都笑了。正好阿布拉哈姆·霍特夫人坐马车经过，第二天夫人来到家里，说我们从教会回家途中的态度

“令她吓得目瞪口呆”，我们也感觉羞耻，应该很严肃地指正彼得，没想到却和他一样放肆地笑了起来。

连菲莉思蒂都笑了，因此也就不那么生彼得的气了。她和彼得一块儿走，还让他拿《圣经》，甚至和他亲切地说话。也许是证明了她对彼得的预言，表示她对说故事的女孩的胜利，她轻易原谅了彼得。

“以后我还要去教会，牧师说教比我想象的有趣多了，歌曲我也很喜欢，我得问问牧师该选择长老教会还是美以美教会。”彼得说。

“不行，不行，你不能这么做，牧师应该不会回答这种问题。”菲莉思蒂说。

“为什么，难道牧师不指点我们通往天国的方法吗？”

“这个嘛！那是大人的问题，我们小孩，特别是像你这种雇佣的儿子问这种问题，很不礼貌。”

“我不懂，我想长老教会牧师一定会叫我选择长老派，美以美牧师会叫我选美以美派。菲莉思蒂，你可以告诉我两者有什么不同吗？”

“我不知道！小孩子不会了解这种问题，但一定有很大差别。不管怎么说，我是长老派的。”

我们沉默地往前走了一段路，彼得突然划破沉默：“上帝长什么样子啊？”

我们没有人知道。

“也许说故事的女孩知道。”雪莉说。

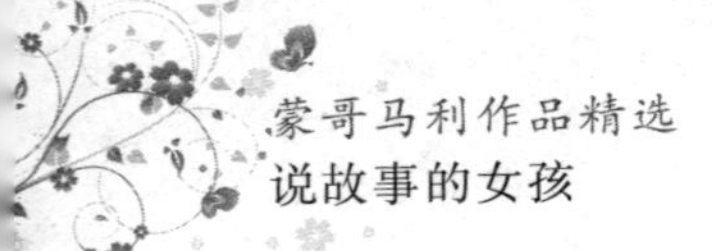

“我真想知道！”

“我也很想知道这个答案。”菲莉思蒂说。

“我看过耶稣的画像，看起来和普通男人一样，当然，比较英俊，但我从没见过上帝的画像。”

“嗯，多伦多没有，其他地方大概也没有。”彼得沮丧地说，接着加上了一句，“我见过恶魔的画像。”

“……”

“是在洁恩姑妈的书上看到的。”

“有恶魔画像的书一定不是好书。”菲莉思蒂说。

“洁恩姑妈应该不会拥有不好的书。”彼得不高兴地说。

我们很沮丧，彼得没再进一步描述，至今都没见过他所说人物的画像，因此非常好奇！“等心情好一点再让彼得告诉我们。”菲莉思蒂说。

雪拉·雷恩进入家门后，我开始跑步追赶说故事的女孩。她已经恢复了平静，对彼得仍一言不发。

走到金克祖父的大松树下，传来了果树园的芳香。这个果树园给人的感觉总和其他果树园不同，这个果树园不仅有苹果花，还有爱、真实与喜悦，“果树园在月光下另有一番风情。”说故事的女孩如梦般说道。

“真美丽，但和白天不一样。小时候我相信月光明亮的夜晚，一定有仙女在跳舞，现在也想相信，却无法相信。”

“为什么？”

“要相信不真实的事情很难，爱德华舅舅告诉我，根本没有仙女存在。那时我七岁，舅舅是牧师，一定不会骗我。”

梦想破灭是件多么令人沮丧的事啊！

我和说故事的女孩在阿雷克伯父家玄关处等候其他人，彼得畏惧地躲躲闪闪，说故事的女孩短暂的怒气已经消失了。

“彼得，等一等！”她走向彼得，伸出手说道，“我原谅你了。”亲切的声音化解了恨意。

“说故事的女孩，真的很抱歉，我不该在教会里笑。你别担心，我以后会每晚祈祷，也会每周上教会，像大家一样。”

两人握着手，我们幼小的心灵充满了爱与和平。

第六章

黄金墓冢之谜

一星期以来，我们忙着为巴弟治病，看它渐渐恢复元气，才开始集中心思为学校图书馆筹募建设基金。

我们老师有个构想，在学校建一座图书馆。他计划让每位学生六月份筹募基金，每位学生必须自己赚钱，或向他人募捐。

每位同学都在比赛，看谁募捐到的款项最多。我们这几个朋友竞争尤其激烈。

大人们一开始给每个人二十五分钱，其余的就得看自己的努力了。彼得因为没有资金援助的亲戚，自觉处在弱势。

“要是洁恩姑妈还在，她就会援助我；如果父亲不离家出走，他也一定会帮我，不过，现在我要靠自己的实力。奥莉比亚姑妈说要将整理鸡蛋的工作交给我，我得认真工作。”彼得说。

菲莉思蒂和母亲也订立相同的契约；说故事的女孩和雪莉为母亲洗碗盘，一星期赚十分钱；菲利克和达林为庭院除草赚钱；我在针枞谷西边的河川捕鳟鱼，一条可卖一分钱。

很不幸，雪拉·雷恩只有一人，什么也不能做，除了母亲，她在卡拉尔没有任何亲人。由于母亲不认为学校建图书馆是什么好计划，一分钱也没给雪拉，还不让她到外面赚钱。这对雪拉而言，真是难言的屈辱，我们各忙各的时候，她显得分外悠闲。

“我只能祈求上帝赐给我钱。”雪拉说。

“祈祷也没用，上帝会赐给我们许多东西，但不会赐给我们金钱，人只能自己赚钱。”达林说。

“可是我不会赚钱，要是上帝了解就好了！”雪拉激动地说。

“别担心，即使你没募集到一分钱，那也不是你的错，大家都了解！”雪莉安慰道。

“没为图书馆做半点儿事，好像就没资格读图书馆的书。”雪拉叹息道。

达林、我和女孩们坐在奥莉比亚的庭院。这是菲利克除的草坪，菲利克并不喜欢除草坪，却很勤劳地工作着，只因菲莉思蒂说了一句:“有什么胖小孩能做的事吗？”虽然菲利克假装没听见，但我知道他的心理。菲莉思蒂绝无恶意，她根本没想到菲利克不喜欢被称为胖小孩。

“这些杂草被拔除，使我心痛。”说故事的女孩说。

“如果它们不长在这里就没事了。”菲莉思蒂无情地说。

“杂草上天国后，大概就变成花了。”说故事的女孩继续说。

“只有你会有这种奇怪的想法。”菲莉思蒂说。

“多伦多一位有钱人在庭院中用花做成了一个时钟，每一点

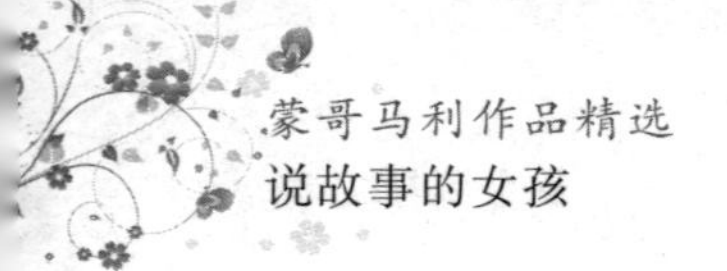

钟所开的花都不同，可以知道正确时间。”我说。

“哇！如果这里也有那种时钟多好！”雪莉高声说。

“有什么用处呢？庭院里根本没有人想知道时间啊！”说故事的女孩说。

这时，我突然想起吃魔法种子的时间到了，于是离开了大家——三天前，比利·鲁宾逊在学校卖给我的，他说吃了会快点儿长高。

我开始烦恼长不高，加妮特伯母曾偷偷告诉我，我大概像阿雷克伯父，属于矮个子。虽然我喜欢阿雷克伯父，但我希望比伯父还高些，比利告诉我这个秘密时，我便毫不犹豫地用十分钱向他买了一箱“魔法种子”，比利比卡拉尔同龄少年高出许多，他说那都是吃“魔法种子”的原因。

“我在服用魔法种子之前，也和一般人一样。自从从贝克·保恩处得到这宝物后，最近长高不少。贝克·保恩是个魔女哦！我所剩不多，但已经足够我长高了。每三小时服用一次，不可以将这件事告诉任何人，否则就无效了。”

我深深感谢比利，并对不喜欢他的事感到抱歉。大体上来说，没有人喜欢比利·鲁宾逊，但我发誓一定要喜欢他。

我每天都量身高，一点儿也没长高，只不过我才服用三天，得持之以恒。

有一天，说故事的女孩灵感突至：“我们到笨先生和凯恩贝尔先生那儿去募款看看，我想一定还没有人向他们募款。他们在卡拉尔并没有亲戚，大家一起去，如果他们给我们捐款，大家就平分。”

这是个大胆的提议。大家都认为这两个人是怪人，凯恩贝尔先生好像很讨厌小孩，既然说故事的女孩敢去，我们也就跟着去。第二天是星期六，我们约定下午出发。

一行人路过黄金墓冢时，阳光洒落在整片牧场的绿地上，菲莉思蒂显得不太高兴。她原本要穿第二套美丽的衣裳，但加妮特伯母说，穿平常去学校穿的衣服就好了，而说故事的女孩来时，见她不但穿着漂亮衣服，还戴上了她父亲从巴黎带回来有着最上等蕾丝的帽子，相较逊色之下，当然有些不悦。

“去请求别人捐款时，不可以穿太好的衣服。”菲莉思蒂讽刺地说。

“奥莉比亚阿姨告诉我，要和男人谈重大事情时，一定要做最美的打扮。”说故事的女孩愉快地说。

“奥莉比亚姑妈太宠你了！”菲莉思蒂说。

“阿姨只是疼我，她每晚临睡前都会吻我，你母亲不是都不吻你的吗？”

“我母亲不轻易吻人，但她每天都会做派给我们吃！”菲莉思蒂不太服气。

“奥莉比亚阿姨也是啊！”

“要比就来比啊！奥莉比亚姑妈只给你喝清牛奶，我母亲还会替我们加奶油呢！”

“可是奥莉比亚阿姨的清牛奶比你母亲的奶油牛奶香多了。”说故事的女孩生气了。

“拜托你们好不好，这么好的天气用来吵架，不是太可惜了吗？愉快过日子不好吗？”和平主义的雪莉说。

“不是吵架，我也喜欢奥莉比亚姑妈，只是认为我母亲和奥莉比亚姑妈一样好罢了！”菲莉思蒂说。

“当然啊！加妮特舅妈最好了！”说故事的女孩说。

两人交换了一下微笑，虽然表面上有时不和，实际上说故事的女孩和菲莉思蒂都彼此喜欢对方。

“不是说过要讲笨先生的故事给我们听吗？现在可以说了吧？”菲利克说。

“好！”说故事的女孩点点头。

“很可惜，我不了解全部，只知道一部分，就称之为‘黄金墓冢之谜’吧！”

“算了吧！那故事难以相信，格丽丝阿姨只是吹牛而已。我母亲说她最爱编故事了！”菲莉思蒂说。

“我知道，可是她不可能一个人编出那么多故事啊！不管怎么说，就当故事听吧！你们都知道，笨先生自从十年前和母亲死别以来，就一个人生活。艾布尔·格丽丝是他们家的佣人，住在笨先生家旁边，替笨先生煮饭、打扫房间。

到去年秋天为止，笨先生家有一个房间，是格丽丝从没进去过的，那房间总是上锁——西侧、向庭院的房间。去年秋天的某一天，笨先生出门去萨马特，格丽丝阿姨照样去整理屋子，并试着拉拉看西边房间的门。格丽丝阿姨很喜欢乱嚷嚷，罗佳舅舅说女人都喜欢瞎搅和。格丽丝阿姨认为那门应该是锁住的，

只是拉拉看而已，没想到门没锁，打开门入内一看，你们猜里面有什么？”

“难道是……有鬼的地下室……”菲利克发抖地应声。

“这种事在爱德华王子岛应该不会出现，但我想如果墙壁四周都有头发垂下来的女人，格丽丝阿姨也不会害怕吧！

“这间房间在笨先生的母亲在世时，是没摆家具的，现在却摆满家具。据格丽丝阿姨的说法，这些家具不知道是什么时候、怎么搬运进来的。乡村农家没见过这种房间，像是客厅兼卧房的那种房间，地板铺着一层绿色的厚地毯，窗户挂着上等蕾丝做成的窗帘，壁上有漂亮的壁画，房间内有白色小床……镜台，满是书的书柜，放有缝纫机的桌子。书架上还有女人的肖像，是彩色照片，但格丽丝不认识，那是个美娇娘。更令人讶异的是，桌边椅子上摆有女用裙子。

“格丽丝表示，那绝对不是母亲辈用的东西，而是女孩的裙子。整间房间看起来好像有人住，看看书架上的书，每一本都写着爱莉丝。天啊！笨先生家的人，没有一个名叫爱莉丝的，也没人听说过笨先生有恋人，这不是很美的谜吗？”

“的确不可思议！”菲利克说。

“我想试着寻找答案，先慢慢接近笨先生，到时候答案自然就出来了。”说故事的女孩说。

“怎么接近呢？除了教会，他很少出门，工作以外的时间，都把自己关在家里读书，我母亲说他是个避世的人。”菲莉思蒂说。

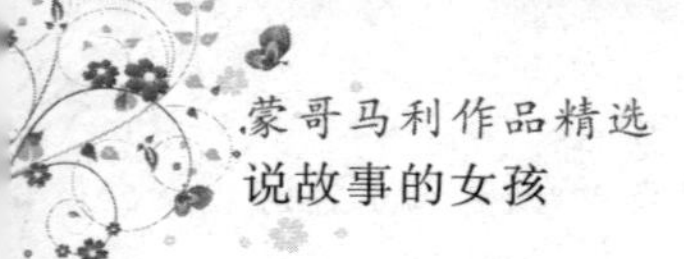

“大概得等我长大一点儿吧！我想他不会将房间的秘密告诉一个小女孩的。”

就快到黄金墓冢了，那是一间云色的大屋子。

笨先生并没有请我们进去坐，问明来由后，便给我们每人二十五分钱。他看起来很沉默，或许我们是小孩，不愿和我们多说吧！

他是个高个子男人，看不出有四十岁，光亮额头上连条皱纹也没有，大眼睛闪闪发光。

走出笨先生家后，我知道，大家都比原来想象的更喜欢他。他看起来很善良嘛！

“他真是个绅士，一点儿也不吝啬！好，接下来就要找凯恩贝尔先生了，我穿红绢衣服来，就是为了凯恩贝尔先生。”说故事的女孩说。

第七章

贝蒂·查曼是如何得到丈夫的

我们对于说故事的女孩拜访凯恩贝尔家的狂热，一点儿参与的心情也没有。如果他像传说中那么讨厌小孩，我们该如何应付呢？

凯恩贝尔是富裕的农夫，过着愉快的隐居生活，曾到过纽约、波士顿、多伦多、蒙特利，也去过太平洋海岸，对卡拉尔这个地方来说，他算是常出国旅行的人了。他是“常读书”的有教养者，但凯恩贝尔先生并非总是很高兴，如果合他意便罢，要是不合他意——天啊，真恐怖！

“他应该不会对我们怎么样。”说故事的女孩说。

“就算他说话刻薄，我们也不会受伤啊！”菲利克引用哲学术语说道。

“可是心灵会受伤，我怕凯恩贝尔！”雪莉说。

“还是回去吧！”达林说。

“想回去的人就回去，我还是要去凯恩贝尔先生那儿，没去

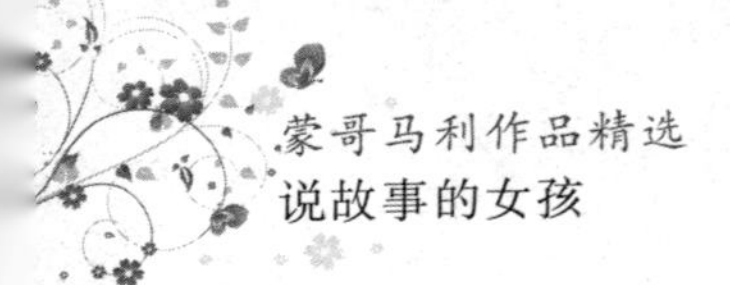

的人可没份儿哟——他的捐款。”

最终大家决定前往。

凯恩贝尔家的女佣引领我们进入客厅，凯恩贝尔先生出现了。我们振奋起勇气，今天好像日子还不错，看他胡子刮得很干净，脸上浮现嘲笑似的微笑。

凯恩贝尔先生的头很大；灰色头发中掺有几丝白发；眼睛大而黑，满是皱纹；薄而长的嘴看起来很伶俐；上了年纪的男人中，他算是英俊的了。

他的视线冷淡地穿过我们每个人，停留在说故事的女孩身上。的确，她就像一朵百合，让凯恩贝尔的黑色瞳孔绽放火花。

“你们是主日学校代表团？”他讽刺地问。

“不，我们是有事来拜托您。”说故事的女孩说。

她的声音具有魔力，效力也及于凯恩贝尔先生。他微笑着问：“什么事？”

“我们想为学校图书馆筹募基金，来请凯恩贝尔先生捐助。”

“为什么我必须捐钱建学校图书馆呢？”凯恩贝尔先生逼问。

这的确是个难题，但说故事的女孩沉着应付，她走到他面前，集中声音、眼神与微笑种种魔力，说道：“这是淑女对您的请求。”

凯恩贝尔先生咯咯地笑了起来。“好，年轻的淑女，你听我说，你应该听说过我是个吝啬的人吧？我不喜欢给别人钱，除非得到等值的回报。我捐钱建图书馆，能得到什么呢？什么也不能得到。但我还是给你一个机会，听我家女佣的儿子说，你很会说故事，现在你立刻讲一个故事给我听。如果让我听得高兴，我就捐钱！”

他的声音充满嘲笑味，但也促使说故事的女孩提起勇气。她立刻站起来，眼睛好像迸出了火花，脸颊浮现出红斑点：“我就说查曼家女人的故事——贝蒂·查曼是如何得到丈夫的。”

我们全都屏息，说故事的女孩疯了吗？还是她忘了贝蒂·查曼不是别人，正是凯恩贝尔先生的曾祖母啊？

凯恩贝尔先生又咯咯地笑了。“嗯！这是很好的测验，如果你能让我听得高兴，就算奇迹。”

“那是八十年前一个寒冷的冬天——”说故事的女孩不说半句废话，开始讲故事。

杜那尔德·佛雷查坐在新家的窗边，边弹琴边眺望冻结的港湾。天气刺骨的寒冷，暴风雨好像也来了，不管暴风雨来不来，杜那尔德已经决定今晚要到港湾对岸去找南西·查曼。南西是个美人，杜那尔德不知道南西是否会喜欢自己，因为追求南西的人太多了。杜那尔德知道，如果南西不愿成为这个新居的女主人，其他女人就更没资格了。

杜那尔德弹着爱尔兰民族舞曲，如痴如梦地想着南西。这时，一台雪橇滑过来，尼尔·凯恩贝尔走进门，看见尼尔，杜那尔德并不欢喜，他有预感尼尔就要离开。尼尔是高地苏格兰人，住在巴威克，这个人也在追求南西·查曼。更糟糕的是，他得到了南西父亲的欢心，不管怎么说，他就是比杜那尔德有

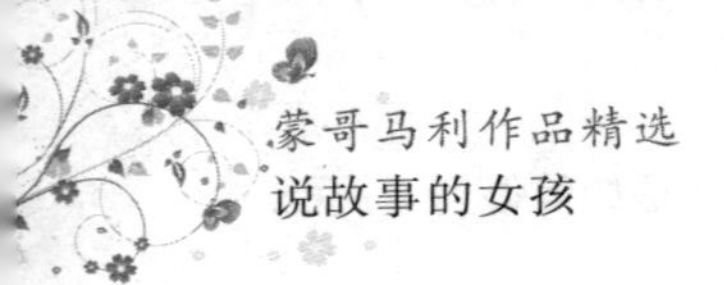

钱，但杜那尔德还是打算表明自己的心意，他笑脸欢迎着尼尔。

尼尔坐在火炉边，一副满足的样子。杜那尔德取来了威士忌，这是八十年前的习惯，如果是女客，就请她喝茶，那时如果主人不请男客喝威士忌，就会被认为小气，没有人愿与之为伍。

“很冷吧？靠近火炉一点儿！巴威克有没有什么消息啊？奇恩·马克林和恋人恢复感情了吗？还有，听说珊蒂·马加利和卡特·霍加斯结婚了，是真的吗？”杜那尔德意味深长地问。

尼尔不断喝着威士忌，也不管杜那尔德有没有喝，边喝酒边说些与两人无关的事情。终于，他告诉杜那尔德，今晚要到对岸向南西·查曼求婚，如果南西答应，就可以举行婚礼了。

不用说，这消息对杜那尔德如晴天霹雳，这比想象中还要糟。尼尔追求南西的时间并不长，没想到他这么快就要向南西求婚了。

杜那尔德一时不知如何是好，他自信南西会喜欢自己，但如果尼尔先向她求婚，其他人就一点儿机会也没有了。尼尔是富家子弟，查曼一族则是穷人，这应该是伊拉斯·查曼老人最喜欢的事情。

可怜的杜那尔德，面临困难了，但他有着苏格兰男人应有的精神，不是轻易气馁的人。过了一会儿，他眼睛再度绽放光芒，杜那尔德想起，恋爱与战争都是被允许的，于是打起精神来。

“再喝点儿，这么寒冷的天气，一定要借酒暖暖身，尽管喝，我家多的是。”

尼尔在杜那尔德的相劝下，继续饮着酒，探寻似的问：“你今晚不是也想到对岸去吗？”

杜那尔德摇摇头：“是这么想过，但风太大了，我的雪橇又送去修了。要去只能请布拉格·达恩背我去，但他和我一样，不喜欢在这种大雪天出门。这种夜晚，坐在火炉边是最好的，来，凯恩贝尔，再喝一杯，呐，再一杯！”

尼尔一杯接着一杯，狡猾的杜那尔德脸上浮现出微笑。终于，尼尔睡着了，杜那尔德站起来穿上披风，戴上帽子，到了门口忍不住回头窃笑：“好朋友，慢慢睡吧！祝你有个好梦！”

杜那尔德松开尼尔的马绳，乘上他的雪橇出发了。“快！快！可爱的小鹿，跑快点儿，要是尼尔一下子就醒来，请佛拉格拼命追赶的话，我们就会被追上哟！可不行，跑快点儿！小姐！”

杜那尔德脑海中一直在想要对南西说什么，更担心南西会怎么说，如果……万一……她说“不！”的话……

“如果真的这样，尼尔那家伙一定会大笑……不！杜那尔德·佛雷查，打起精神，那位美丽的女孩，世界上最美的新娘，正在向你招手呢！”

杜那尔德到达查曼家时，心脏鼓动的声音依稀可闻。南西在牛房门口挤牛奶，一看到杜那尔德就立刻站起来。啊！南西真漂亮，金发蓝眼。杜那尔德这时比想象中不稳定，但这个机会不把握是不行的，他牵起南西的手，温柔地说：“南西，可爱的南西，我爱你！也许我不该这么仓促向你求婚，但我以后会慢慢告诉你的；也许你会认为我太卑鄙了，但为了你，一切都是为了你……南西，你愿意永远和我在一起吗？”

南西一语不发地抬起头，与杜那尔德在大雪中深吻。

第二天早晨，暴风雪停止。杜那尔德知道尼尔一定会追过来，决定离开查曼家，并说服南西和他一起到开发地访友。他们乘着尼尔的雪橇出发时，杜那尔德看见海湾彼岸有个黑点，不禁露出了胜利的微笑：“速度还不够快！”

半小时后，尼尔出现在查曼家的厨房，显得万分沮丧，他只见到了贝蒂·查曼。

贝蒂·查曼也是位标致的女孩，茶色头发，黑色瞳孔，配上红脸颊。贝蒂很久以前就钟情于尼尔·凯恩贝尔。

“哈喽，凯恩贝尔先生，早安！”贝蒂歪着头亲切地打招呼，“没想到你这么早来，杜那尔德·佛雷查刚走，咦？看你的样子，好像有什么事令你生气哟！”

“杜那尔德在哪里？我正在找他。贝蒂·查曼，快告诉我，那家伙在哪里？”尼尔怒气冲冲地问。

“你现在大概追不上他了。他昨天傍晚来这里，在牛房前向南西求婚。如果有人在我满手牛奶的时候向我求婚，我想我大概会冷淡地拒绝，但南西不同，他们两人一直聊到深夜。后来南西进卧房叫醒我，告诉我一个有趣的故事，她说有位男子用威士忌灌醉了情敌，赢得了美丽的姑娘。凯恩贝尔先生，你听过这个故事吗？”

“哦，听过！杜那尔德竟然敢四处张扬，他想让我被这一带的人取笑。他真的敢这么做？我要是见到他，哼哼……”尼尔愤愤不平地说。

“你绝不可以动手打那个人，要是我，就会表现出不服输的态度，我一定立刻和一位漂亮的女孩结婚，让那苏格兰的杜那尔德瞧瞧。只要你一句话，一定有不少女孩会回答：Yes！呐！眼前不就有一个吗？尼尔，为什么不和我结婚呢？大家都说我和南西长得一样漂亮，而且我会比南西爱杜那尔德那样更爱你十倍……百倍……”

凯恩贝尔这时只有一条路可以选择，不久，同时举行了两场结婚典礼。尼尔和贝蒂成为世界上最幸福的伴侣——至今大家仍传言，他们比杜那尔德与南西更幸福，终于喜剧收场，可喜可贺！

说故事的女孩深深鞠了一躬，回到座位上看着凯恩贝尔先生，大胆地夸示胜利。

我们对这个故事也很有兴趣，它曾在夏洛报上刊载过，虽然我们都看过，此时也沉醉在说故事的女孩的甜美声音中，好像杜那尔德、尼尔、南西、贝蒂正在这间屋子里和我们共处，完全忘记了凯恩贝尔先生的存在。

他真的是位绅士，静静地从钱包抽出一张钞票，认真地交给说故事的女孩。“给你五元美金，你说的故事值这些钱。有机会，我要让全世界知道你的这项才能，另外，你愿意听听我的

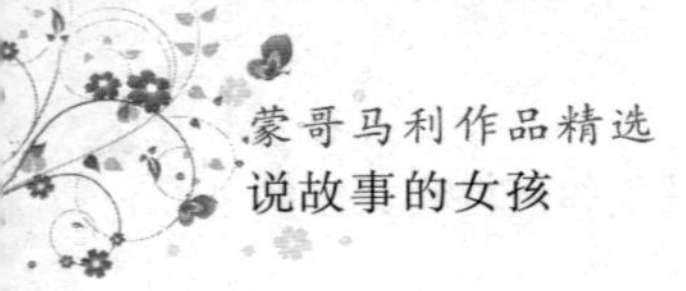

请求吗？”

“当然！”绽放光芒的说故事的女孩说。

“我想请你念九九表给我听。”凯恩贝尔说。

我们都跌破了眼镜，他的确是位怪人，为什么他想听乘法表呢？连说故事的女孩也吃了一惊。但她还是欢喜地从一乘以一开始念起。说故事的女孩像唱九九表一般，每一段结束便换上另外的调子，凯恩贝尔先生满意地点点头：“我相信你办得到，我曾在一本书上看到这么一句话：‘那个人的声音即使念九九表也很有魅力。’当时我不相信会有这种事，现在我信了。”

接着，他请我们离开了他家。

“哇，没什么好恐怖的嘛！”归途中，说故事的女孩说。

那晚，我在房间听见女孩房内传来菲莉思蒂对雪莉说话的声音：“那个凯恩贝尔先生只看说故事的女孩一个人，对我们这些人瞧都没瞧一眼。如果当时我穿着像说故事的女孩一样漂亮的衣服，也许她就引不起注意了。”

“要是你，会做出像贝蒂·查曼那样的事吗？”雪莉问。

“不会，不过我想说故事的女孩会。”菲莉思蒂不悦地说。

第八章

快乐号船长的故事

六月的一个星期，说故事的女孩到夏洛镇拜访露莎阿姨。她一走，生活便失去了色彩，这一点连菲莉思蒂也不否认。就在说故事的女孩离开后第三天，菲利克带回了使人生充满香料的话题。

“杰利·卡文下午告诉我，他看过上帝的画像，就在他家一本世界史中，还看过好多次呢！”菲利克兴奋地说。

“是什么样的？说来听听！”彼得说。

“嗯，只不过是上帝在伊甸园步行的样子。”

“哇！可以请杰利带来学校让我们看看吗？”

“我已经向他拜托过了，他说也许可以拿来，但不能向我保证，他得问问母亲才行。”

“好像很恐怖！”雪拉·雷恩颤抖着声音说道。

我想我们的畏惧程度和她差不多。

第二天，我们怀着期待与好奇心上学，却失望了，杰利的

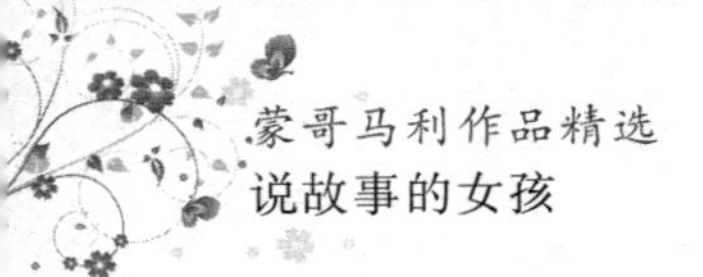

母亲不让他将那本书带到学校。杰利表示，如果我们想买那张画，他可以从书上撕下来卖给我们五十分。

当天傍晚，我们在果树园举行秘密会议，为了筹集图书馆基金，零用钱已差不多用尽了，现在大家凑起来也没那么多钱。大家一致认为，即使牺牲金钱，也一定要得到那张画，只要每人出七分钱，问题就解决了。由于彼得只能出四分钱，所以达林出了十一分钱。

“五十分钱买一幅画真贵，但值得！”达林说。

“还有伊甸园呢！”菲莉思蒂附加道。

“卖上帝的画像实在是……”雪莉畏惧地说。

“我们买来之后，就将它夹在家里的《圣经》中吧！那是最庄严的地方。”菲莉思蒂说。

“唉！不知道是什么样的画像。”雪莉叹息道。我们每个人都很想知道。

第二天，我们跟杰利约好，次日下午请杰利拿着上帝的画像来阿雷克伯父家。

星期六早上，我们几个小孩非常兴奋，但到午餐时刻一直都在下雨。

“如果杰利因为下雨没法来怎么办？”我问。

“别担心，卡文这个人为了五十分钱，下再大的雨也会来。”菲莉思蒂说。

午餐后，我们各自洗脸、洗发，女孩子们换上了美丽的衣裳，男孩子们穿上了白色服装，对上帝画像充分表现出无限的

敬意。

到了约定时刻，我们一起到果树园和杰利进行交易。在这个重要时刻，我们都希望大人们不要出现。

“我母亲要是知道就完了，可我一定要和你们一起去看那张画像。”雪拉·雷恩担心地说。

雨一直下，但出现了太阳光，针枞枝上的雨滴如钻石般耀眼。

“我想杰利不会来了！”雪莉绝望地说。

“你们看，他来了！”达林从谷仓窗户口招手喊道。

“他提着鱼篓，难道将画装在鱼篓里吗？真不可思议！”菲莉思蒂说。

不久，杰利登上了谷仓阶梯，快要真相大白了。他真的将上帝画像装在鱼篓里，用报纸包好带了来。我们依约付钱后，杰利便离开了。

“雪莉，你最乖，你去打开！”菲莉思蒂说。

“我跟大家一样乖，如果各位请我打开，那我就来开吧！”雪莉屏息说道。

雪莉颤抖的双手缓缓打开包装，我们屏息围在四周。她打开后拿出画像，我们定睛注视着。

突然，雪拉哭了起来：“哦！哦！哦！上帝是长这样子吗？”

菲利克和我都没出声，只感到一阵失望，上帝真是这样吗？木版画上出现了一位头发凌乱、表情险恶的老人。

“既然是杰利拿来的，应该不会错。”达林说。

“看起来真不舒服。”彼得说。

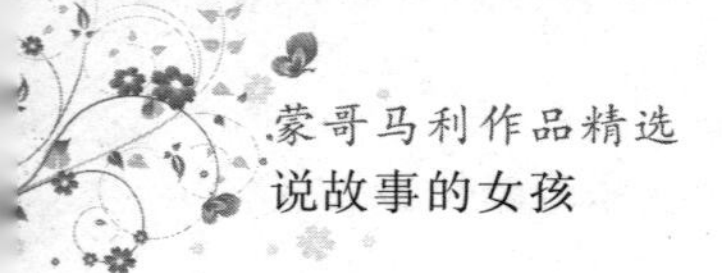

“咳！我宁愿不要看见这张画！”雪莉也哭了起来。

我们大家都一样——太迟了。

“是啊！不要说买了，我连看都不想看。”雪拉说。

就在我们沮丧万分时，楼下出现了轻快的呼唤声：“你们在哪里？”

说故事的女孩回来了！如果是别的时候，我们会很高兴地跳着跑去拉她；但现在，没有一个人动弹。

“你们到底怎么了？雪拉为什么哭呢？那是什么东西？”说故事的女孩一上楼就急忙寻求答案。

“是上帝的画像，看起来很恐怖，你看！”雪莉哽咽着说。

说故事的女孩看了看，脸上出现了轻蔑的表情。

“难道你们相信这就是上帝？上帝美得叫人惊叹，这只是一张鬼面像而已啊！”说故事的女孩沉稳地说。

虽然不完全相信说故事的女孩的话，但我们心中产生了希望。

“可是，画下注明那是‘伊甸园的上帝’！”达林说。

“那是绘画的人认为上帝就是这个样子，但那个人不见得比我们清楚，他也没见过上帝啊！”说故事的女孩快活地说。

“你的话带给我们希望，但你和我们一样不懂啊！我们想相信这不是上帝，但该如何相信呢？”菲莉思蒂说。

“这个嘛！如果不相信我，总该相信牧师吧！可以去问问牧师啊，正好牧师现在在我家，我和他一起搭马车回来的。”说故事的女孩说，“我们在外面等牧师出来，家里都是大人。”

菲利克一看见马特牧师走上小径，便急着向前打招呼。

“哦！菲利克，怎么了？”马特牧师亲切地问。

“对不起，想请教您，上帝是不是真的长成这样子？请您告诉我们！”

牧师看着画，脸上出现了怒气：“你们怎么拿到这东西的？”

天啊！我们都屏住了气息。

“是杰利·卡文卖给我们的，杰利说这是在世界史书上发现的上帝画像。”

“菲利克，世界上根本没有上帝的画像，没有人知道上帝长什么样子，也不应该去想上帝的模样。但是，菲利克，上帝比我们描绘出的姿态更美、更深情、更充满慈爱、更亲切。不可以随便听信传言，快，将这不敬的东西拿去烧掉！”

虽然我们不懂不敬的意义，但了解这并非上帝的画像就够了，心中的一颗石头终于放下了。

“我们损失了五十分钱！”菲莉思蒂愤怒地说。

“马特牧师要我们烧掉这东西。”菲利克说。

“虽然这不是上帝的画像，但也是有名有姓的啊！烧掉好像太……”雪莉说。

“埋了吧！”说故事的女孩说。

我们将它埋在了针枞林深处，走出了果树园。真高兴，说故事的女孩回来了。

“走，我们到史蒂芬舅舅的散步道去，找棵大树坐下来。草太湿了，待会儿我告诉你们一个故事，真实的故事。”

雨后的空气清香，四处绽放着蓝白相间的花，没有人知道

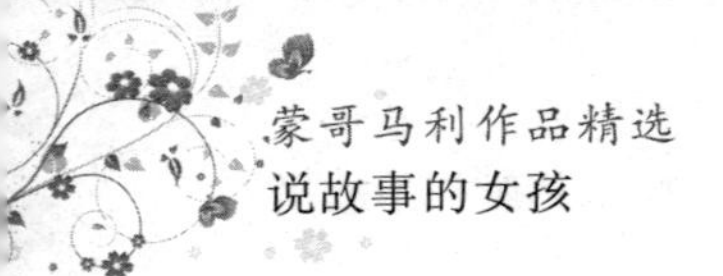

这是什么花，祖父买下这块土地时，它们就存在着。我们都查不出来，说故事的女孩称之为“白色贵妇”，她说这种花很像世间许多劳苦、忍耐力强的善良妇人之魂魄，真有意思！

“我来说杜邦夫人与快乐号船长的故事。”说故事的女孩坐下来立刻说道。

这个故事不但悲伤、美丽，而且真实，我最喜欢真实的故事。杜邦夫人就住在露莎阿姨隔壁，乍看之下不是人生充满悲剧的人，但这些都是露莎阿姨告诉我的。

一八四九年，世界掀起了一股加利福尼亚平原淘金热，许多年轻人下定决心向加利福尼亚进发。

现在出国很简单，当时可不同，一定得乘船渡过漫长而危险的航程才能到达，需要六个月呢！就算到了目的地，也只能以相同的方法和家中取得联络，家人要得知船客的消息，至少得等一年。想想看那是怎样的心情？

当时的年轻人根本没考虑到这一点，都沉醉在黄金梦中。年轻人经过完整计划后，雇用了两艘快乐号帆船前往加利福尼亚。

快乐号船长就是故事的主角，名叫安拉·杜邦，长得很英俊，主角都是如此，但露莎阿姨告诉我他确实很英俊。他陷入热恋中——与玛加莉特·克兰德，那是位如梦般的美女，有着蓝色的眼睛与金发。

虽然两人深深相爱，无奈玛加莉特的双亲强烈反对。可怜的安拉没有任何怨言，只是默默等待，期望出现转机。

安拉知道自己必须前往加利福尼亚，相当沮丧，要放下玛加莉特到那么远的地方去，说什么也无法做到。我很了解这种心情。

“你怎么会了解？你又没恋人！”彼得突然插话。

说故事的女孩瞪了彼得一眼，她很不喜欢故事中途被打岔。

“我所谓的了解是一种感觉，不是经验。”她威严地说。

彼得被压倒后，说故事的女孩继续讲故事。

这时候，玛加莉特的父母原谅了女儿，玛加莉特只得回家等待。除了等待还是等待，天呀！玛加莉特等了将近一年，终于收到了来信。但那封信不是安拉寄来的，安拉已经死了，死于加利福尼亚，葬在了那里。玛加莉特为他祈祷流泪、耐心等待的时候，他已经长眠于遥远异国寂寞的墓地了。

雪莉跳了起来，颤抖地哭泣着说：“好了！好了！不要再说下去了！”

“故事也完了，玛加莉特没有死，但她的心已经死了，很久以前就死了。”说故事的女孩说。

“那些不准船长带妻子同行的家伙，应该绑起来痛打一顿！”彼得喃喃说道。

“真是太可怜了！”菲莉思蒂拭着泪说，“但那都是遥远的

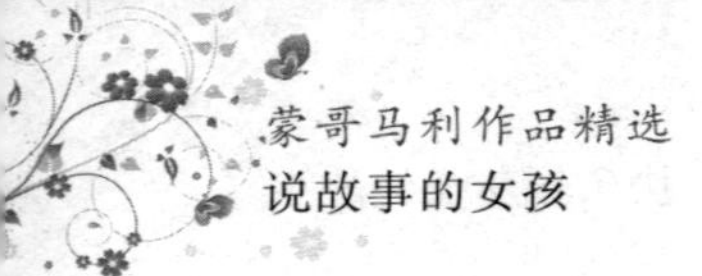

事情了，现在哭也没用啊！去吃东西吧！今天早上，我烤了一个蛋糕。”

我们返回了回家的路，不论是新失望还是旧失意，我们仍有食欲，菲莉丝蒂的大蛋糕可是圣品呢！

第九章

魔法种子

交给图书馆建设基金的捐款，彼得最多，有三元美金，菲莉思蒂其次，两元半。

“我们多多少少都还有点儿捐款，可怜的雪拉·雷恩，根本连一毛钱也没有。”

但雪拉捐款了。下午茶后，她脸上出现了酒窝，牙齿也很美，有如两排雪白的珍珠。

“你们看！”雪拉伸出双手。

“是三美元呢！我要全部捐给图书馆。今天威尼贝格得阿萨伯父来信，并附上了三美元，说是任凭我使用，所以母亲无法反对我将这些钱捐给图书馆。我的祷告真的奏效了！”

我们都衷心为雪拉的幸运欢喜，真是从天而降的奇迹。

“这都是雪拉祈祷的结果。”雪拉回去后，菲利克说。

“不公平，我们得出卖劳力赚钱，她却只要祈祷就有钱了！”彼得愤愤说道。

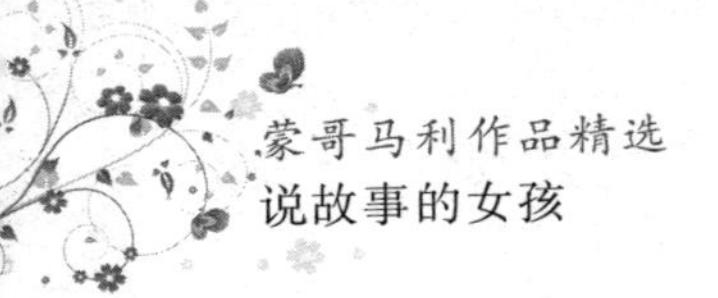

“那不一样，我们可以自己赚钱，她根本不能。走吧，到果树园去！说故事的女孩今天收到了父亲的来信，说要给我们看。”达林说。

还没来卡拉尔之前，布雷·斯大林姑丈对我们而言，只是一个名字；现在他就像我们身边的一个人，会写信、送东西给说故事的女孩。

只不过，我们觉得他是另一个世界的人，让其他人难以了解。现在想想，布雷姑丈大概是那种打扮得体的流浪者，也许会成为成功的艺术家，如果他贫穷一点儿的话——但他并不需要为生活拼命，也没什么野心。

那年夏天，布雷姑丈在瑞士度过。说故事的女孩念信给我们听时，我们就如同置身于欧洲。

“能去欧洲玩玩一定很棒！”雪莉憧憬地说。

“我一定会去的！”说故事的女孩轻轻说道。

我们对她投以怀疑的眼光。对当时的我们而言，欧洲就和月球一样，是遥不可及的。

“去那里做什么？”彼得问。

“教大家说故事的方法。”说故事的女孩如痴如醉地说。

突然，我发觉吃魔法种子的时间到了，便急忙赶回家。但我的信心早已大打折扣，玄关的木门证明，我只长高了一点点。

我从昏暗房间的抽屉中拿出箱子，取出一定量吃下。就在这时，达林的声音在后方响起：“伯利，你在吃什么？”

我急忙将箱子收进抽屉，转头面向达林。“和你没关系！”

我不高兴地回答。

“不，有关系！”达林认真地说。

“喂！伯利，这是魔法种子吗？是向比利·鲁宾逊买的吗？”达林和我四目交会，浮现出疑惑的眼光。

“你怎么知道比利·鲁宾逊和魔法种子的事？”我问。

“我……也有一箱，为了……英俊……他说只卖给我一个人……他也卖给你？”

“是啊！”

“为什么？你的嘴形不是很好看吗？”

“嘴形？和嘴形没关系啊！他说吃了可以长高，可是根本没效果，你呢？你为什么想吃这东西？你已经够高了啊！”

“为了嘴巴啊！女孩子们常常笑我的嘴形，比利说这种魔法种子能使嘴形变得漂亮。”达林笑着说。

原来如此，比利欺骗了我们，不，牺牲者不只我们，一定还有很多人。可恶的比利，我一定要揭发他的罪行！

原来，卡拉尔学校的学生都买了魔法种子。比利和大家都有秘密规定，就是不准将这件事告诉他人。

比利使菲利克相信，魔法种子能使他瘦下来；雪莉则相信头发会变成自然卷；菲莉思蒂相信自己会和说故事的女孩一样聪明；说故事的女孩相信自己会和菲莉思蒂一样擅于烹饪；彼得购买魔法种子的理由保密得最久，到了最后审判日，他才表明，希望得到菲莉思蒂的欢心。这个比利，真会利用人性的弱点！

我们知道魔法种子只不过是比利家的花种后，感觉受到了万分屈辱，但我们没要求比利解释，这种事说愈少愈好解决。我们非常慎重地不让罗佳伯父听到这件事，免得事情扩大。

“虽然比利骗了我们，但他很聪明。”

“不管怎么说，猪发出的只是猪叫声。”

比利·鲁宾逊的捐款是全校最多的一位，我们并不惊讶。雪莉说一点儿也不羡慕他，他没良心。比利是用自己的尺度测量良心的，也许根本不认为自己有什么错。

第十章

夏娃的女儿

“一想到要成为大人就心厌，到时候就不能光着脚走路了，我美丽的双脚也无法让人看见了。”说故事的女孩说。

她坐在七月阳光照射的罗佳伯父的大贮藏室的窗边，长裙下露出她的脚，指甲也洁白如雪。

我们到晒干草的地方去，说故事的女孩愉快地说：“遥远的回忆，能够温暖我们的心！”

这一天，我们正在享受七月的阳光，让我们的手足尽情地暴露在艳阳下。

“我觉得说自己的优点是很自傲的行为。”菲莉思蒂说。

“我一点儿也不自傲，了解自己美的地方和自傲无关，不了解自己优点的人反而是傻瓜。我一点儿也不美，值得看的只有头发、眼睛和脚。如果要我将任何优点隐藏起来，我认为这太残忍了，赤脚走路多愉快啊！变成大人后，就不得不将脚隐藏起来了，真残酷！”说故事的女孩率直地说。

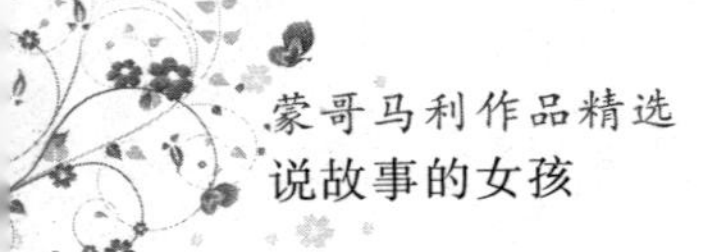

"今晚的灯会得穿袜子和鞋子。"菲莉思蒂说。

"嗯？我打算赤脚。"

"什么？不行哦！雪拉·斯大林，你说真的吗？"菲莉思蒂恐惧地高声叫道。

说故事女孩的脸侧向我们，显得毫不在意。她有时以"煽动"菲莉思蒂为乐。

"真的！我如果打算这么做的话，就会这么做，为什么不可以？赤脚——如果漂亮的话——为什么不可以像脸和手一样露出来？"

"天呀，不行！那样太丢脸了！"菲莉思蒂显得很慌张，觉得很伤脑筋。

"我们六月份还是赤脚上学。同样都是学校的建筑物，为什么白天可以赤脚去，晚上就不行？"说故事的女孩故意问道。

"那不同啊！虽然我不会说明，但谁都知道那不一样，你也了解啊！拜托，千万别那么做！"

"既然你这么说，我就不那么做了。"说故事的女孩心想，要赤脚在"公开场合"出现，干脆死掉算了。

我们对于巡回讲师在学校举行的灯会相当兴奋。我和菲利克参加过几次这种灯会，但在卡拉尔是头一次，他们都如痴如醉地期待着。我们大家包括彼得都要去，现在彼得总是和我们同进同出。

在教会和主日学校，他的态度已经如同贵族阶级家庭教育出来的绅士，无懈可击。这也是值得说故事的女孩骄傲的地方，

她是带领彼得走上正道的大功臣。

奥莉比亚姑妈甚至给彼得《圣经》。彼得夸耀之余，为了不弄脏《圣经》，干脆不读。

“我要将这本《圣经》包好放进箱子里，家里有洁恩姑妈留下来的旧《圣经》，我读那一本就可以了。新旧书都一样，不是吗？”

“当然，《圣经》都一样。”雪莉附和道。

“雪拉·雷恩哭着跑过来了！”林达叫道。

“雪拉·雷恩有一半时间都在哭泣。”雪莉焦急地说。

不久，泪眼汪汪的雪拉也加入了我们，哭泣的原因是母亲不让她参加今晚的灯会。

“为什么？昨天不是答应让你去的吗？”说故事的女孩非常愤慨，“为什么变了？”

“都是因为马克汀的麻疹。母亲说马克汀的人也一定会来参加灯会，所以我不能去。我……我从来没有看过灯会……从来没有……”说着说着，雪拉又哭了起来。

“我想麻疹不会传染的，否则我们也不能去啊！”菲莉思蒂说。

“如果能得麻疹的话，我倒想得得看，如此一来，就会成为母亲的最爱。”雪拉反抗地说。

“让雪莉去说服你母亲看看。你母亲很喜欢雪莉，也许会因此让你去。我和菲莉思蒂不得你母亲的喜欢，还是留在这里好了。”说故事的女孩说。

“我母亲进城了，明天才会回来，只有我和茱蒂·比诺在家。”

“既然这样，为什么不能去？拜托茱蒂别说出口就好了嘛！”说故事的女孩说。

“怎么可以？这样是不对的，不可以教雪拉骗母亲啊！”菲莉思蒂说。

毫无疑问，此时菲莉思蒂是正确的，说故事的女孩的说法不对，如果是雪莉还好，但菲莉思蒂认为，让不幸的人犯错，罪过更深。

说故事的女孩对菲莉思蒂的态度感到很生气，但雪拉已开始认真思考这个问题了。我们都保持沉默。

“我很想这么做，但我没有外出服，母亲把客房锁住了，我只有平常上学穿的衣服。”雪拉说。

“那有什么关系？我们可以借你其他漂亮的装饰品，雪莉可以借你帽子啊！”

“可是，没有鞋袜，它们全被锁起来了。”

“可以穿我的！”既然雪莉已经向诱惑屈服，那就帮助她吧！于是菲莉思蒂也提供了装扮。

我们一起向学校进发。雪拉·雷恩一身借来的行头，夹在我们中间。

“如果真的患麻疹了怎么办？”菲莉思蒂问。

“我想马克汀的人应该不会来，讲师下星期就要去那里了，他们一定衷心期待着。”说故事的女孩轻松地说。

这是一个清凉的夏夜，我们无限欢喜地走下山丘，只有雪拉·雷恩不太快乐，她的表情很忧郁，说故事的女孩想使她轻

松些。“雪拉，听我说，你一定要抛下束缚。你已经出来了，如果再去想那些不快乐的事，不但于事无补，还会影响到大家的兴致。难道你后悔了吗？”说故事的女孩问。

“我没有后悔，只是害怕母亲知道。”

“你不是和茱蒂讲好要保密的吗？”

“是啊！可是也许会有其他人告诉我母亲。”

“要是你这么害怕，现在回去还不迟，你看，你家大门就在那里。”雪莉说。

雪拉舍不得放弃灯会，继续往前走着。才十一岁的少女，就要承受犯罪的包袱，真是悲哀！

灯会真的很精彩，讲师也很会带动气氛。本来会场上不快乐的雪拉，结束后也显得精神百倍，倒是说故事的女孩不太快乐。

“有马克汀的人到场，威利阿姆一家人就住在患麻疹的卡文家隔壁。我做错事了，不该煽动雪拉来，看她不是很快乐。”说故事的女孩说。

夜充满了谜，小河旁的芦苇在风中摇曳，奏出没有节奏的曲子。

“天空有四十一颗星星。”彼得说。他是个记忆力非凡的少年，过目不忘。我和菲利克有时会怀疑，自己有没有像他那么懂事；菲莉思蒂对他的天文知识很感兴趣，离开女孩子走在他身边，即使见他赤脚，也没说什么，就连教会都允许穷人赤脚参加，这有什么可耻的？菲莉思蒂不喜欢和打赤脚

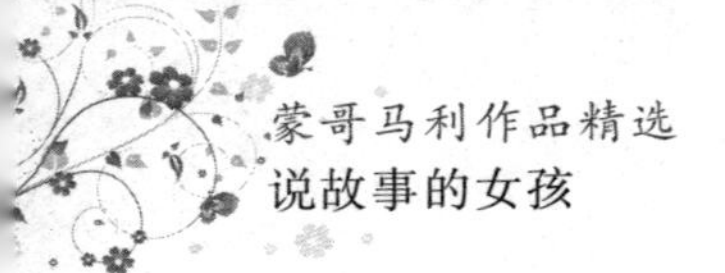

的朋友一起走，由于天色已暗，应该没有人会注意到他的脚，才和他共行。

“我知道星河的故事，是在露莎阿姨家的书上看到的。说到天空让我想起来，很久以前，天空中有吉拉和史拉密两位大天使——”说故事的女孩脸上绽放着光芒说道。

“天使也有名字吗？和人一样？”彼得插嘴。

“当然有！一定有！”

“如果我成为天使，叫彼得吗？”

“不，到了天国会有新名字——《圣经》说的。”

“还好，‘彼得’一点儿也不像天使的名字。对了，天使和大天使有什么不同？”

“大天使就是当天使当了很久，比天使更伟大、聪明、美丽的天使。”

“天使要多久才会成为大天使？”彼得继续追问。

“不知道，也许要几百万年，我想每个天使的情况不同。”

“我只要当个普通天使就满足了。”菲莉思蒂说。

“好了！再说下去要到什么时候才能讲故事啊！大家安静，让说故事的女孩讲下去。”菲利克说。

我们都保持沉默，说故事的女孩继续讲起了故事。

吉拉和史拉密相爱，就像人类一样，但这是被全能的神所禁止的。神为了惩罚他们，就将他们赶到了宇宙遥远的尽头。

如果是两人同行，就不叫惩罚了。那时候，吉拉被赶到宇宙尽头的一颗星，史拉密则被赶到另一个尽头的一颗星上，两颗星之间隔着无法跨越的无底洞，只有一样东西能飞越——那就是爱。

史拉密思念吉拉之余，开始从自己的星上搭光桥，吉拉并不知道这件事，但由于爱情趋使，她也开始从自己的星上搭光桥。几万年、几十万年、几百万年，两人不断地搭，不久两人终于相会了，高兴得牵着手又跳又叫，将一切痛苦、烦恼抛到了九霄云外。两人所搭的光桥出现在深渊上。

其他大天使们知道了这件事，都恐惧得发抖，急忙向天神报告："请您看看那穿过宇宙的光桥，请天神拆掉那罪恶的桥吧！"

天国一片静谧，智能之神的声音响起——"不，神不能毁灭宇宙中真实的爱，一定要让桥永远留存！"

因为这样，那座桥至今仍存，也就是我们所说的天河。"

说故事的女孩望着天空闪闪发光的星星说道。

"真精彩!"雪拉·雷恩叹了一口气，她说的故事可以让人暂时忘记烦恼。

其他人觉得天上的主角好像也到地上了。我们应该还没成长到理解传说真正意义的地步，但都能感觉到故事的美丽与魅力。对我们而言，永远的天河就是两位天使从星星两端筑成的爱桥。

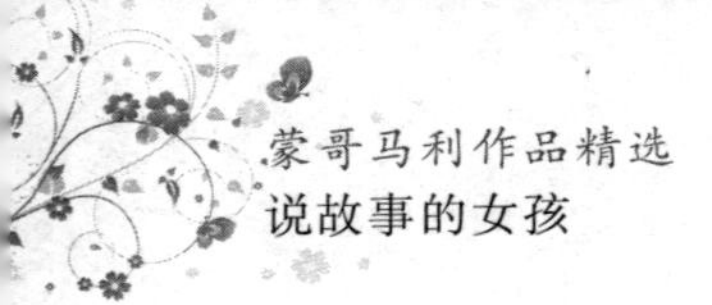

我们踏上雪拉·雷恩家的小径，因为我们必须送她到门口。说故事的女孩和我们一起登上了山丘，彼得和菲莉思蒂隔了一段距离尾随在后。

“如果雪拉患麻疹了怎么办？”说故事的女孩叹息道。

“每个人都会得麻疹，年纪愈小愈好！”我安慰地说。

第十一章

说故事女孩的苦行

一个晚上，奥莉比亚姑妈和罗佳伯父一起进城住了一晚，第二天又出去了一整天，彼得和说故事的女孩就寄住在阿雷克伯父家。

傍晚，我们便聚集在果树园听克非特国王与乞丐姑娘的故事，除了还在挖马铃薯的彼得与到小丘下雷恩家帮忙的菲力思蒂，在场的人都听得很投入。

说故事的女孩将乞丐姑娘描述得绘声绘色，几乎是完美的化身，使得我们丝毫不怀疑克非特国王对她的爱。以前我们也读过这篇故事，印象中的乞丐姑娘只是“肮脏”而已，国王怎么会娶她为妻呢？现在，我们终于明白了。

菲莉思蒂回来后，从她的表情就察觉出有事发生。“雪拉病得很严重，不仅感冒、喉咙痛，而且发烧。雷恩伯母请医生来诊断，不知是不是患了麻疹。”

说最后一句话时，菲莉思蒂的目光投向说故事的女孩，说

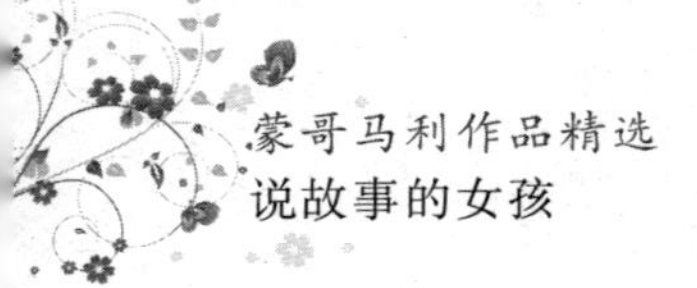

故事的女孩顿时脸色苍白。

“你是说，在灯会中被传染的？”说故事的女孩痛苦地问，“否则会是在哪里被传染的呢？我并没见到雪拉，她母亲说我最好别进去。雷恩家人患麻疹通常很严重，就算不死，也会耳聋眼瞎。”菲莉思蒂悻悻然说道。

说故事的女孩瞳孔中充满痛苦的神情。

“当然，也许雪拉得的不是麻疹。”菲莉思蒂见状又说了这么一句，但这对说故事的女孩已经起不了安慰作用了。

“如果我不唆使雪拉参加灯会，什么事都不会发生了。都是我的错，一切都怪我，现在却要雪拉来接受处罚，这不公平！我现在要去向雷恩伯母解释清楚，否则雪拉的立场会愈来愈窘迫的，我也睡不着觉了。”

她根本没睡，早晨起床时，脸色很难看，但还是令人感受到一股朝气。

“我要赎罪，以一日的苦行来赎罪！”她说。

“苦行？”我们都疑惑了。

“是的，一切想做的事情都不能做，只做一切不想做的事来惩罚自己。如果想到我好像不喜欢做的事情时，请大家立刻告诉我。如果上帝了解到我是真的后悔，也许就不会让雪拉那么严重了。”

“你也没什么特别不喜欢做的事情！”雪莉说。

“对了！你可以整天不吃东西——除了一点点水和面包。”彼得建议道。

我们感觉，这像是英雄做的事。要是我们绝对做不到，说故事的女孩下定决心要这么做，我们将会边寄予同情边赞叹。现在想来，她不但不需要我们的同情，也不必接受我们的赞赏，苦行对她而言，是甘如蜜的事情，这也是她无意中自觉的喜悦。

加妮特伯母也注意到说故事的女孩今天的情形，便询问她是不是身体不适。

“不，加妮特舅妈，我是在赎罪。我不能向您告白，以免使他人受到困扰，我打算苦行一日，请您别为我担心！”

加妮特伯母当天早上心情很好，所以只是笑笑。

“别太过分了呦！”伯母宽容地说。

“谢谢！还有，早餐后请给我一袋豆子，我要将豆子放在鞋子里。”

“没有豆子了，昨天都煮汤了！”

“唉！那就请给我新豆子吧！不要太软，否则根本不会痛。”说故事的女孩沮丧地说。

“我到玄关捡一点儿小石头好了，小石头和豆子差不多嘛！”彼得说。

“不行，这样会伤到脚的。”加妮特伯母说。

现在是暑假，这天又没什么事做，我们于是跑到果树园玩。说故事的女孩不想和我们同行，坐在厨房最暗的角落修剪布边。

“我今天不出去玩，也不说故事。加妮特舅妈不让我放小石头在鞋内，我就在背部装进蓟，只要我一靠背，就会被刺到。我还要缝纽扣孔，这是我最讨厌做的事，我要做这一整天。”

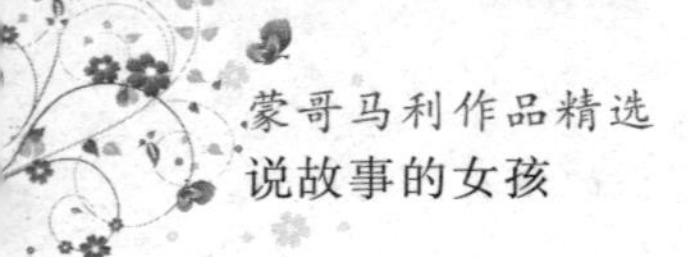

“这不是很好的事吗？”菲莉思蒂问。

“我觉得这是最痛苦的事，苦行就是要让自己受苦，只要是令人讨厌的事，我都愿意做。对了，雪拉今天早上怎么样？”

“妈咪去看她还没回来，在还没确定是不是患麻疹之前，我们谁都不准靠近她家。”菲莉思蒂说。

“今晚的传道集会你也不去吗？”雪莉热心地问。

说故事的女孩表现出痛苦的神情。“我也在想这件事——但只待在家里，根本于事无补。我想去听听传道士的话，听他差一点儿被食人族吃掉的故事，听过之后，也许我能想出许多新故事。”

说故事的女孩实行了一整天的苦行，缝了一整天纽扣孔，除了少许面包和水，什么也没吃。

菲莉思蒂故意在厨房做柠檬派。柠檬派的味道不但诱人，更是说故事的女孩最爱吃的。菲莉思蒂直接在说故事的女孩面前吃了两块派，剩余的拿到果树园来给我们吃。说故事的女孩羡慕地从窗口望着我们，随即又继续缝纽扣孔，显得很镇定。

由于马克汀的米尔渥夫妇来访，加妮特伯母下午无法去看雪拉。米尔渥先生是博士，夫人是位文学家。加妮特伯母对雪拉的病情很乐观，所以我们在下午茶之前就充分梳洗完毕，换上了好看的外出服。说故事的女孩急急忙忙跑回来，那样子让所有人屏息——她的头发放下来，编了一条辫子，穿着一件旧衣服，手肘处破了一个洞，而且太短了。

“雪拉·斯大林，你疯了吗？穿这种衣服干什么？你难道不知道待会儿有客人来吗？”加妮特伯母责备道。

“我知道，所以才穿成这副德性，我想让自己痛苦……”

“如果你真的这样出现在米尔渥夫妇前，小姐，我会真的让你尝到苦头。快回家换好衣服，否则就待在厨房不要出来！”

说故事的女孩选择了后者，她非常愤慨。那天晚上参加传道集会时，菲莉思蒂和雪莉都穿着漂亮的衣服，说故事的女孩只换上了上学穿的衣帽，系上了颜色一点儿也不相配的茶色蝴蝶结。

在教会的玄关处，我们最初碰见的人是雷恩夫人，得知雪拉只是小感冒而已。

当晚传道会上，至少有七位幸福的听众，由于知道雪拉并不是患麻疹而兴奋不已，说故事的女孩更是满面光辉。

“苦行白费了。”回家的途中，菲莉思蒂说。

“我很高兴自己惩罚了自己，明天就将这些完全埋葬。嗯！今晚回家后要立刻到厨房吃东西，读父亲的来信。传道会真精彩，食人族的故事我记下来了，以后说给你们听。”

“我真想像传道士那样去冒险。”菲莉思蒂说。

“食人族如果抓不到人就没得吃了。”达林说。

“只要抓住菲利克，食人族一定会放弃其他一切食物！”菲莉思蒂笑着说。

瞬间，我想菲利克一定不想成为传道士。

“从今天起，我每星期要往捐款箱多投两分钱。”雪莉说。

我们其他人则决定多捐一分钱。

第十二章

莉莎·霍特的蓝衣箱

“那绝对没问题。”加妮特伯母以严肃的表情说道，好像是经过深思熟虑后所做的决定。

八月初，绝对没问题的事情来临了。爱德华伯父最小的女儿要结婚，爱德华伯父邀请阿雷克伯父、加妮特伯母以及奥莉比亚姑妈一起去参加，在那儿玩一个星期。

阿雷克伯父和奥莉比亚姑妈以期待的心情对待这件事，但加妮特伯母最初认为那是不可能的。“怎么能够放这些小孩独自在家？一星期后回来，我看病的病、倒的倒，搞不好房子都烧起来了。”她担心地说。

“没什么好担心的，菲莉思蒂和你一样是位好主妇，我也会来照顾他们，不会让房子烧起来的。你们不是答应有机会要到爱德华家拜访的吗？这是绝无仅有的时机啊！正好农事忙完！”罗佳伯父说。

终于，加妮特伯母决定前往，罗佳伯父将自己家锁起来和彼得、说故事的女孩一起搬来这里住。我们这些小孩都很兴奋，尤其是菲莉思蒂，感到无限幸福，能够处理家人一日三餐问题，那是多么荣幸的事情啊！

“菲莉思蒂，你可以帮我上烹饪课了。”说故事的女孩也很高兴。

阿雷克伯父他们周一出发，可怜的加妮特伯母不断对我们提出警告、说教，我们一句也没听进去。阿雷克伯父只要我们乖乖听罗佳伯父的话；奥莉比亚姑妈则一直微笑，说很了解我们现在的兴奋之情，警告我们千万要节制，别乐昏了头。

“注意按时上床睡觉！”马车出发了，加妮特伯母还不放心地回头交代。

“发生什么事情立刻打电报来！”伯母以拜托的眼神望着罗佳伯父。

他们真的出发了。罗佳伯父和彼得出去工作，菲莉思蒂提早准备午餐，给我们每个人分配任务：说故事的女孩削马铃薯，菲莉思蒂和达林剥豆子，雪莉管火炉，我剥芜菁。菲莉思蒂答应我们午餐有布丁吃，让我们想了就流口水。

“我坐在悲剧上。”正当大伙儿各忙各的时候，说故事的女孩突然说道。

菲利克和我都吃了一惊，虽然我们不很清楚“悲剧”是什么，但总不是好事吧？没想到说故事的女孩指的是她屁股下的大衣箱。

那个蓝衣箱占领餐桌与墙壁间的一角，菲利克和我并没有

特别注意它——那是大而重的衣箱，每当菲莉思蒂打扫厨房时，总会口出恶言。

“这个蓝衣箱装满悲剧，我知道这个故事。”说故事的女孩说。

“莉莎·霍特的嫁妆就装在里面。”菲莉思蒂说。

是谁？为什么她的嫁妆放在这个蓝色旧衣箱里，还摆在阿雷克伯父的厨房呢？

“这是个悲哀的故事。”说故事的女孩说。

“故事发生在五十年前，莉莎是个孤儿。虽然没听过她长什么样子，但我想一定很漂亮，这是理所当然的。”

“妈咪说她长得很浪漫。”菲莉思蒂插嘴。

“那年冬天，她遇见了威尔·蒙达克，他是位英俊的年轻人——大家都这么说。”

“两人就坠入情网了！”菲莉思蒂说。

“菲莉思蒂，拜托别插嘴了好不好？免得破坏我说故事的气氛！话说两人彼此相爱，准备春天结婚。莉莎亲手缝制自己的嫁妆，那时候的女孩都是这样，当时还没有机器。终于到了四月，结婚典礼那一天，亲人全部到齐，莉莎也换好新娘礼服等待新郎。”

说故事的女孩放下刨刀与马铃薯说道：“一直等、一直等，新郎都没出现。”

我们犹如等待中的客人受到打击。

“怎么了？那个人死了吗？”菲莉思蒂问。

说故事的女孩叹了一口气继续说道：“不，如果死了还好，至少比较罗曼蒂克。事实上比死更恐怖，威尔向人借钱逃跑了。加妮特舅妈说他一定会得到残酷的报应，他不但没向莉莎告别，此后更是音信全无。”

“猪！”菲莉思蒂用力说道。

“她当然跌进了失意的谷底，了解事情的真相后，她便将一切嫁妆、衣物统统收进这个蓝衣箱，上锁后独自返回了蒙特利，从此再没来过。莉莎回到蒙特利，也没再结婚，现在已经七十五岁左右了，这个箱子也就一直没被打开过。”

雪莉接着往下说：“十年前，母亲曾写信问莉莎，要不要打开箱子看看有没有生虫。莉莎表示，除了自己，不想让任何人看或碰那些东西，所以箱子就一直这么摆着。”

“到底是什么东西不能让别人看呢？”我问。

“母亲认为是婚纱，父亲认为是威尔·蒙达克的照片，他曾看过莉莎放进照片。”菲莉思蒂说。

“真想看看里面的东西。”说故事的女孩说。

“可是父亲说没有莉莎的允许，谁也不准开。”雪莉说。

菲利克和我盯着那个箱子，它在我们眼中开始呈现重要风貌，就像是埋葬过去死亡罗曼史的墓石。

“威尔·蒙达克后来怎么了？”我问。

“哼！正在享受荣华富贵呢！几年后，他摆平了那些债主，回到岛上来，最后和一位富家美女结了婚，过着幸福的日子。你们听过这么不公平的事吗？”说故事的女孩不悦地问。

“伯利，你会不会将芜菁剥成和马铃薯一样圆圆的？”菲莉思蒂突然回到现实生活中。

“不会！”我不好意思地回答。

其他人都笑我，说家族又添了一个笑话。

罗佳伯父听了也大笑。到了晚上，我说菲利克挤牛奶的情形给彼得听时，一旁的伯父更是笑得前仰后合。菲利克从来没从“圆圆的一头雌牛”身上挤下牛奶，结果一不留神，被牛踢了一脚，整桶牛奶都打翻了。

“牛不好好立正，我有什么办法？”菲莉克愤怒地说道。

“这就是问题！”罗佳伯父认真地摇摇头说。

这时候，菲莉思蒂正在厨房教说故事的女孩烤面包，准备当明天的早餐。“明天早上的第一个享受准备完毕。”

菲莉思蒂结束厨房的事后，大家各自回房睡觉。蓝衣箱、芜菁、挤牛奶等事对我们都没有影响，我们立刻进入了梦乡！

第十三章

旧格言新意义

第二天一睁开眼睛已经是五点半，我们在楼梯口和菲莉思蒂碰面。

“糟糕，睡过头了，罗佳伯父六点就得吃早餐了啊！还好，说故事的女孩一早就起来生火，我想她担心得整晚都没睡吧？”

“我三点就起床烤面包了，真愉快！现在完工了，不过不像我想象中那么大块。”说故事的女孩疑惑地说。

“雪拉・斯大林！”厨房突然传来菲莉思蒂的喊叫声，“我不是说过要等面包发酵后才能放进烤箱吗？”

说故事的女孩脸色苍白。“我是放进烤箱了啊！怎么样？不行吗？”

“面包像石头，怎么能吃呢？拜托，雪拉・斯大林！你有点儿常识好不好，受不了你了！”菲莉思蒂愤怒地抱怨道。

“不要告诉罗佳舅舅好吗？”可怜的说故事的女孩请求道。

“算了！算了！拿去给小鸟们吃吧！免得浪费了这么好的面

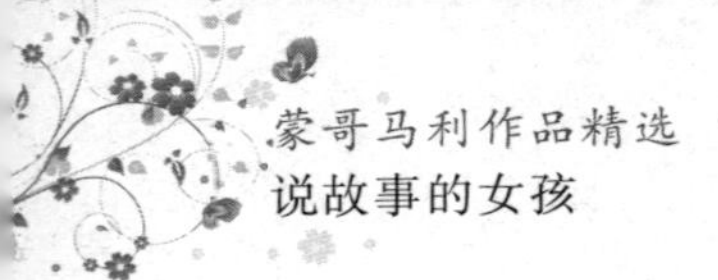

粉。”菲莉思蒂说。

“我想努力学习烹饪，结果还是白费劲。”

“打起精神，别这样垂头丧气的嘛！”我安慰她。

“只要不断努力，一定会成功的！”菲利克也在一旁打气。

“可是，奥莉比亚阿姨不让我浪费材料。本来想趁这星期好好学习的，现在，菲莉思蒂也不肯教我了！”

“那有什么关系呢？即使你不会烹饪，我还是喜欢你胜过菲莉思蒂。会做面包的人那么多，像你这么会说故事的，却是寥寥可数啊！”菲利克说。

“我说故事只是娱乐，一点儿实际帮助也没有！”说故事的女孩叹息道。

菲莉思蒂却非常羡慕说故事的女孩这种娱乐别人的能力，人就是这样，总不在意自己的长处。

下午有访客前来，首先是加妮特伯母的姐姐巴达生夫人带着十六岁的女儿和两岁的儿子前来，后来，爱尔达·佛鲁恩夫人也和带着两个小女孩的妹妹一起到达。

“请进！请进！”罗佳伯父领他们下马车。

菲莉思蒂非常高兴，尽情地表现她的手艺，在厨房准备饼干、蛋糕、派等食物，一点儿也不觉得累，还架势十足地指挥我们如何帮忙做杂事。

相对而言，说故事的女孩显得光芒尽失，因为彻夜未眠而显得脸色不佳，又没有展示说故事才能的机会，她没受到任何人的注意。今天是菲莉思蒂的日子。

午茶后，佛鲁恩夫人的妹妹要去卡拉尔墓地的父亲坟前，我们都想去。但总得有人留下来照顾啊！结果由达林留守，达林认为看新杂志比到墓地散步有趣多了。

“我们会在这孩子醒来之前回来。他很乖，可是不能带他出去，怕会感冒。”巴达生夫人解释吉米·巴达生不能外出的原因。

留下达林和幸福地睡在沙发上的吉米后，我们一行人便浩浩荡荡地外出了。我们回来时，发觉达林还留在原位，吉米却不见了。

“达林，吉米呢？”菲莉思蒂大叫。

达林望了望四周，无辜地说：“怎么了？我不知道啊！”

“你就一直沉醉在书本里，连吉米到哪里去了也不知道？”菲莉思蒂急得破口大骂。

“我没有！吉米一定在屋子里，他没出去！”达林回答。

“没在厨房，一定是从这个门爬出去了。达林·金克，你完蛋了！”菲莉思蒂一面慌张地寻找一面说道。

“不会的！”达林顽固地说。

“那他到底在哪里呢？拜托，你们不要只站在这里，快帮忙找找看啊！一定得在他母亲回来之前找出来才行啊！”

达林感到很疑惑，但吉米不见了是事实。我们疯狂地在屋外寻找，始终没发现吉米的影子，难道他真的消失在空气中了不成？直到巴达生夫人回来，我们还没找到吉米。事情严重了，巴达生夫人也歇斯底里了起来，每个人都责备达林，没有人知道吉米究竟往哪个方向去了。

“去沼泽看看，我想虽然他不会爬那么远，还是去看看比较好。菲莉思蒂，到沙发底下拿圆锹给我！”一小时后，罗佳伯父说。

菲莉丝蒂流着眼泪趴到地板下拿圆锹。天啊，吉米正以罗佳伯父的雨衣当枕头睡在那里呢！一副安详不知天就要塌下来的样子！

“怎么会在这里？”罗佳伯父叫道。

“我不是说他一定不会出去的吗？”达林胜利地叫道。

客人离去后，菲莉思蒂将派放进烤箱。我们围坐在院子的阶梯上吃草莓，雪莉问：“什么叫一鸣惊人？”

“这很容易，就像玛菲阿姨四十岁之前，连一个追求者也没有；到了四十岁，一星期就连续有三个人向她求婚，懂了吗？”说故事的女孩说。

“嗯，好像懂了！”

过了一会儿，我们听见雪莉在厨房对菲莉思蒂传达新知识：“所谓一鸣惊人，就是很长一段时间都没人追求，突然之间出现一大堆追求者。”

第十四章

“毒果实”

第二天，金克家笼罩着一片不悦的气氛，也许和吉米昨天失踪的事件有点儿关系吧！有几个人做噩梦；菲莉思蒂和达林一早就开始吵架；菲莉思蒂天生就有“家长”的威严，现在因为母亲不在，便自负起管理家庭的责任。大致而言，雪莉、达林、彼得还算顺从。今天早上，达林却明显表现出反抗，也许是吉米失踪时受到菲莉思蒂的斥责，怀恨在心的缘故吧。

原本气氛就不太好的日子，下午又下了一场雨。连说故事的女孩也没从前一天的屈辱中站起来，一言不发地坐在长皮箱上吃早餐，之后静静地洗盘子、整理卧室，接着拿了一本书坐在窗台边阅读，不论我们说什么好话，她都只顾着看书。

就连温柔的雪莉都嚷嚷着头痛；彼得回去看母亲；罗佳伯父到马克汀去工作了；雪拉·雷恩来玩，被菲莉思蒂痛骂一顿后，哭着跑回去了；菲莉思蒂没有命令任何人帮忙，独自在厨房准备午餐。我们听见她将厨具弄得叮当响，连躺在沙发上的

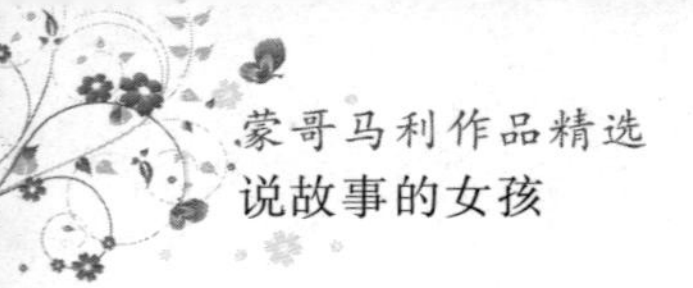

雪莉都起身抗议："要是加妮特伯母和阿雷克伯父在就好了。"

"真想回伦敦。"我喃喃说道。

"真的想回伦敦？"菲莉思蒂怒气冲冲地问。

"菲莉思蒂，和你生活在一起，不论谁都会想到别处去！"达林说。

"我不是在和你说话，不用你多嘴！"菲莉思蒂不悦地回应。

"好了！好了！真希望雨快停，妈咪快回来！"雪莉坐在沙发上叹气。

还好，时间改变了一切。到了午茶时，现状改变了。雨停了，太阳露出了笑脸；菲莉思蒂穿了一条蓝裙子，看起来很漂亮，心情也跟着好起来；雪莉的头痛好转；午睡后，说故事的女孩也浮现出微笑，眼睛闪耀光泽地走下楼；只有达林一个人怀抱着不平与不满，但也化解在说故事的女孩的故事中了。

"我来说'史考特先生的李树'。"说故事的女孩开始说故事了。

爱德华舅舅给我讲过那个人的故事。史考特先生在教会辛勤工作了很长一段时间，深受大家喜爱。

由于史考特先生年纪已大，长老会认为他应该退休了。虽然史考特本人不想退休，但也不能不听从长老会的决定。退休后的史考特，在城里盖了一栋房子。这时，城里来了一位新牧师。新牧师是位非常年轻的人，很认真于自己的工作，只不过，他很害怕见到史考特，没有人知道原因。

有一天，年轻牧师到马克汀的克罗·霍特家，突然听见

厨房传来史考特的声音。年轻牧师吓得脸色苍白，拼命拜托克罗·霍特夫人让自己躲起来。于是，牧师便躲在橱柜里。

史考特进来后，与主人说了一些话，然后阅读起了《圣经》，开始祈祷。那个时候，人们的祷告通常都很长，祷告完毕后，史考特这么说道：“主啊！请赐予橱柜中的可怜年轻人恩惠吧！让他不畏惧与人相对，给予他光明的指导。”

想想看，牧师当时是怎么样的心情啊！史考特先生祈祷完后，牧师红着脸闪现出来。史考特显出亲切的态度与牧师握手，对于橱柜的事半句也不提。从此，两人成为了很好的朋友。

“史考特怎么知道牧师躲在橱柜里呢？”菲利克问。

“谁晓得？大概是进屋前从窗户看见的吧！”

“爷爷在世时，史考特先生种了黄色的李树。”雪莉边剥李子边说。

我们下一次聚集是在挤完牛奶之后。大家在杉树下啃早生的八月苹果，说故事的女孩见状，想起了爱尔兰人的猪的故事。

“住在马克汀的爱尔兰人，饲养了一头小猪，然后给那小猪一桶玉米粥。小猪将玉米粥吃到一半时，爱尔兰人便将小猪放进水桶内，这时，水桶内的玉米粥会变成什么样？”

这是无法回答的谜题，我们边走边讨论。达林和彼得几乎要吵起来了，达林主张那是不可能的事，彼得则认为玉米粥在进食途中被“压缩”。争论途中，我们来到“毒果实”生长茂密的山丘牧地。

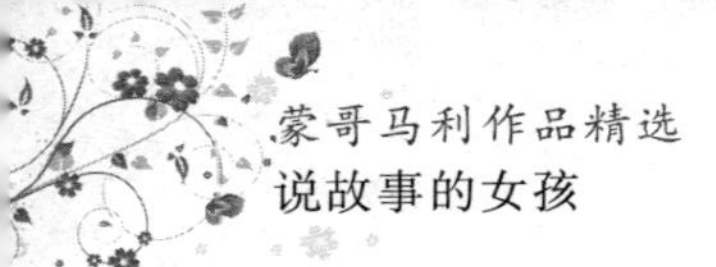

事实上，我们也不知道“毒果实”是什么，那是红色的小粒果实，因有毒而被禁食。达林摘了一颗在手上玩。

“达林·金克，那果实有毒，快丢掉！”菲莉思蒂极有长辈的派头。

达林本来没有吞食的打算，由于被菲莉思蒂阻止，整天压抑的反抗心这时爆发了出来。

“我想吃就吃，我才不信有毒！你看！”达林大口吞下了果实表示抗议。

我们都在想，达林会不会当场倒下死亡，但什么事也没发生。一小时后，我们得出一个结论，那就是“毒果实”根本没有毒，并推崇达林为英雄。

天色渐暗。回家后，我注意到达林的脸色不好，显得很安静，躺在厨房的沙发上。

“达林，不舒服吗？”我担心地问。

我们听到达林呻吟声时，菲莉思蒂和雪莉正在思考明天的便当菜色。

“我觉得不舒服，很不舒服！”达林喃喃说道，强烈的挑战状态也消失了。

我们都显得有点儿慌张，只有雪莉比较镇定。

“胃痛吗？”雪莉问。

“这里很痛，这里是胃吗？呜——呜——”达林有气无力地呻吟。

“快叫罗佳伯父来！菲莉思蒂，快起火烧热水，达林必须泡

泡热水！”雪莉以命令的口气说。

虽然热水发挥了一点儿效果，达林还是不舒服的样子。罗佳伯父交代彼得到山丘下请雷恩夫人过来帮忙后，便出门请医生了。彼得回来时，只有雪拉同行，雷恩夫人不在家。雪拉来了于事无补，只是在一旁哭泣，使得场面更混乱。

毫无疑问，达林被激烈的疼痛袭击，缩着身子直喊母亲。

“真糟糕，医生怎么还不来？我就说那果实有毒嘛！他偏要吃！”菲莉思蒂在厨房走来走去说道。

“住嘴！女孩子不要说这种话！”彼得愤怒地制止。

“可是，父亲的表弟真的死了！”雪拉顽固地又说了一次。

“洁恩姑妈通常都喝威士忌止痛。”彼得陈述意见。

“我们家不喝酒，根本没有威士忌啊！”菲莉思蒂责备地说。

到了十点，达林的状态终于转向轻松。十点半医生到达时，虽然患者还很虚弱，脸色也不佳，但已经从痛苦中解脱了。

医生认为果实大概有毒，便开了一些药粉给达林，并忠告大家以后不要再吃那种果实。

不久，雷恩夫人来找雪拉，表示要在这里待一晚。

“真是谢谢！我答应阿雷克和加妮特好好照顾孩子，要是发生什么事情，我决不原谅自己！好了！孩子们去睡觉吧！达林已经脱离危险了，大家留在这里也没用，雪莉真是具有冷静的头脑！哈哈！”罗佳伯父说。

“今天真是恐怖的一天！”菲莉思蒂边上楼梯边悲伤地说。

“真是松了一口气！”雪莉说。我们也有相同的感觉。

第十五章

达林的反抗期

第二天早晨，达林的脸色虽然还很苍白，但已经恢复了元气。他想起床，雪莉却要他留在床上，为他端来了食物，在规定的时间内让他阅读杂志；说故事的女孩也在一旁讲有趣的故事；雪拉·雷恩拿来自己做的布丁；巴弟蜷缩在床脚边，发出优美的叫声，向世人传递身为猫的自信。

“这家伙好像知道我生病了。”达林说。

菲利克、彼得和我当天被菲莉思蒂请来大扫除。菲莉思蒂好像很喜欢大扫除，直到傍晚时分，我们才松了一口气，有空到果树园史蒂芬伯父的步道上走走。八月，那儿是最佳散步场所，成熟的苹果让人垂涎三尺，头顶上蕾丝般的树叶形成一片自然的屋顶。

我们想起说故事的女孩告诉过我们“甘蓝菜与国王”的故事——我们也讨论有关国王的问题，不知当上国王的滋味怎样。彼得认为，戴上王冠不太自由，却是很棒的滋味。

“现在不是那样了。现在国王平常只戴帽子，王冠是在特别行事时才戴，其实国王和普通人一样。”

“我真想见见女王，在岛上就是没这个机会。”雪莉说。

“王子来过夏洛镇一次，洁恩姑妈曾近距离看过他呢！”彼得说。

“那是我们出生以前的事，那种事在我们有生之年也不会再发生了！”雪莉悲观地说。

“以前女王和国王比较多，现在好像很少。到欧洲去也许比较多。”说故事的女孩说。

的确，说故事的女孩命中注定会站在王侯面前接受众人的赞赏，坐在果树园的当时，我们根本没料到。

“你能想象女王的样子吗？”雪拉·雷恩问。

“现在没办法。”说故事的女孩说。

“那多没意思！”

“我想起罗佳伯父说过，马奇结婚后，自己的灵魂都还不是自己的。”菲莉思蒂说。

“那不是很好吗？”雪莉充满敌意地说。

我们都瞪大了眼睛，因为那不像是雪莉平常的态度，后来她加以说明：“马奇·霍布斯是那个讨厌的男人萨马特的哥哥。萨马特两年前和他太太一起来过这里，每次和我说话就叫我钱宁。你们想想看，我怎么能原谅他呢？”

“那违反基督教精神啊！”菲莉思蒂指责道。

“好，如果你被称为钱宁，你能原谅他吗？”雪莉反驳道。

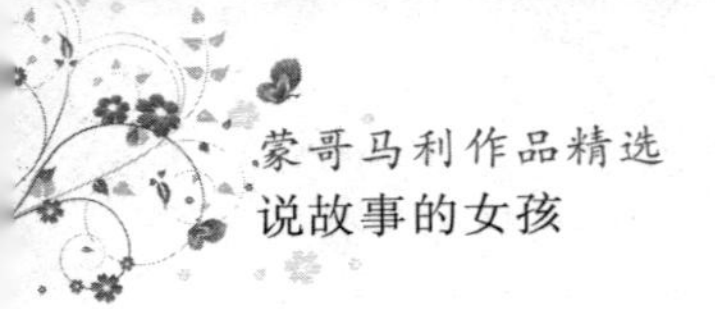

“我知道马奇·霍布斯伯父的故事。”说故事的女孩又要开始说故事了。

“很久以前，卡拉尔教会并没有圣歌队，只有先咏者。那时霍布斯伯父由于长年风湿，好几年都没上教会了。就在圣歌队成立的第一个星期天，霍布斯伯父出席礼拜会。由于没听过有节奏的吹奏，金克舅舅问他圣歌队如何时，霍布斯伯父回答：‘很好！’但对于安德鲁先生的贝士表示：‘Base 就是在中途一直叭——吗？’”

说故事的女孩很强调“叭——”字，就连霍布斯老人也会说出这么轻蔑的话，我们都笑得在草地上打滚。

“可怜的达林，无法享受像我们一样的乐趣，一个人孤零零地关在房里。”雪莉同情地说。

“他如果听我的话，不要去吃‘毒果实’，就不会像现在那样了，这叫作恶有恶报。他没死，算是上帝的恩惠呢！”菲莉思蒂说。

“说到这里，我又想起史考特先生另外的故事。前面不是已经说过他从长老会退休吗？当时他特别怨恨两位牧师，史考特的朋友都这么安慰他：‘你一定得顺从上帝的旨意！’史考特说：‘这和上帝的旨意无关，那是马克罗斯基老家伙和恶魔搞的鬼！’”

“拜托，你最好别说什么……恶魔的！”菲莉思蒂发抖着说。

“那是史考特先生说的啊！”

“要是牧师引述还差不多，你一个女孩子怎么可以说这种

话，如果……唉！反正你不可以这么说，如果非说不可，就用‘骗人鬼’代替！”

“那是马克罗斯基那家伙和‘骗人鬼’搞的鬼！”说故事的女孩以比较了两种效果的语气说道，然后下结论，“不能这么说！”

“算了，不要在别人面前说就好了。”雪莉说。

这时候，达林缓缓走过来。

“达林，你好了吗？”雪莉担心地问。

“我从窗户那儿听见了你们的笑声，这叫我怎么在房里待得下去呢？我已经觉得舒服多了。”

“真是良药啊！达林，下次当我说不可以的时候，你就不要反抗哦！”菲莉思蒂说。

达林寻找柔软的草地正要坐下来时，听见菲莉思蒂这么说，又立刻愤怒地站起来瞪着菲莉思蒂，受到屈辱似的大步离去。

“你看，又让他生气了。菲莉思蒂，你就不能安静点儿吗？”雪莉抱怨道。

“干吗？我说了什么吗？”菲莉思蒂一脸无辜的样子。

“兄弟姐妹之间彼此敌视是件多么恐怖的事啊！卡文家的小孩总是争吵不休，现在，菲莉思蒂和达林也差不多了。”雪莉叹息道。

“拜托你先想清楚再说话，达林现在像火山爆发一样，就算认真对他说也没用。我觉得他应该好好反省一下昨天的事。雪莉，你太袒护他了！”

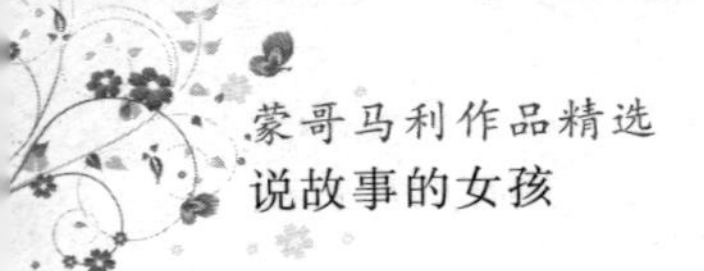

“我哪有袒护他？”

“有，这和你无关。母亲不在家，将这个家委任给我了。”

“昨晚达林生病时，你不是一点儿办法也没有吗？是雪莉控制的场面。”菲利克故意说道。

昨天下午茶时，菲莉思蒂在菲利克面前说他太胖了，应该少吃点儿。很明显，菲利克现在在乘机报复。

“你在跟谁说话？”菲莉思蒂问。

“好了！好了！好像大家都吵起来了，这么一来，大家都要不高兴了。现在安静下来，每个人默数到一百再开口！”说故事的女孩说。

我们都安静地默数到一百。雪莉首先站起来，决定去安慰伤心的达林；菲莉思蒂跟在后面，告诉雪莉特别为达林做一个派；菲利克决定把自己留下来最甜的一个苹果送给菲莉思蒂；说故事的女孩则决定讲一个受魔法控制的女孩的故事。

这时候，雪莉从果树园跑过来：“糟了，快来，快来，达林又吃‘毒果实’了！说要让菲莉思蒂瞧一瞧，拜托，大家快来帮忙！”

我们一起往家里冲，在庭院里看见了从枞树林现身的达林，一副毫不后悔的模样。

“达林·金克，你想自杀吗？”说故事的女孩斥责道。

我也想说说他了：“拜托，达林！你怎么可以做这种事呢？你想想看昨晚的情形，让大家为你如此担心，你过意得去吗？如果你是好孩子，就不应该再做这种事！”

“好了，我想吃就吃！那东西真好吃，我才不信是因为它而生病的呢！”达林说。

菲莉思蒂不见了，原来正在厨房起火。

“我知道达林又要生病了，得事先准备热水。要是妈咪在家就好了，等妈咪回来，我一定要将达林的态度告诉她。”菲莉思蒂说。

一个钟头之后，达林还显得很健康，表示要上床睡觉，进房后便呼呼大睡。菲莉思蒂表示在所有危险离去之前，要在炉边看着炉火。我们也陪着菲莉思蒂，直到十一点罗佳伯父进门时，我们都还待在厨房。

“这么晚了，你们还在这里做什么？应该在两个钟头前就上床了呀？这个时候还起火，疯了吗？”罗佳伯父斥责道。

“都是为了达林，他又吃‘毒果实’了——吃了很多。我想他一定会生病，所以事先准备热水，但他现在睡得好好的。”菲莉思蒂疲倦地说。

“那小家伙真是疯了！”

“都是菲莉思蒂不好，对达林唠叨昨晚的事，才使达林生气又去吃‘毒果实’。”雪莉责备道。

“菲莉思蒂·金克，如果你不加注意的话，以后你丈夫一定会受不了你的。”罗佳伯父以认真的表情说道。

“要我怎么说，你们才了解我的苦心呢？”菲莉思蒂哭了起来。

“好了，好了！大家都上床睡觉！我答应你们的父母要好好照顾你们，我可不希望他们回来之前发生什么悲剧啊！菲莉思

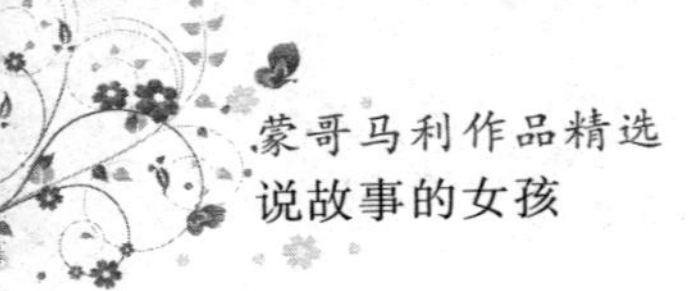

蒂，有没有什么好吃的东西呢？”

最后的询问，使得菲莉思蒂说什么也无法原谅罗佳伯父。她边上楼边表明自己对罗佳伯父的厌恶。她的双唇颤抖着，泪水盈满了美丽的蓝色瞳孔，在微暗的烛光下，显得格外美丽动人，有股难言的魅力。我挽着她的手安慰道：“菲莉思蒂，别在意罗佳伯父的话，他只是个猎人罢了！”

第十六章

幽灵之钟

星期五这一天，金克家的每个人都很愉快。说故事的女孩讲了许多故事，还亲自扮演故事中的角色，让我们沉醉在故事中忘记了现实。

菲莉思蒂向新型的复杂蛋糕挑战，得到了满意的结果。当然，她一定使用了令加妮特伯母震惊的鸡蛋，这点从蛋糕本身即可得到证明。

罗佳伯父在下午茶时，说菲莉思蒂是个艺术家。

这本来是句赞美话，但菲莉思蒂所知的艺术家只有一位，那就是贫穷的布雷姑丈，菲莉思蒂像是受辱一般，显得很不高兴。

“彼得说枫林开垦地有很多树莓，下午茶后我们一起去采好不好？”达林说。

“我很想去，可是回来后一定疲倦得没力气挤牛奶了，还是男孩子去就好了！”菲莉思蒂叹息道。

“今晚我和彼得来挤牛奶就好，你们一起去玩吧！我想树莓

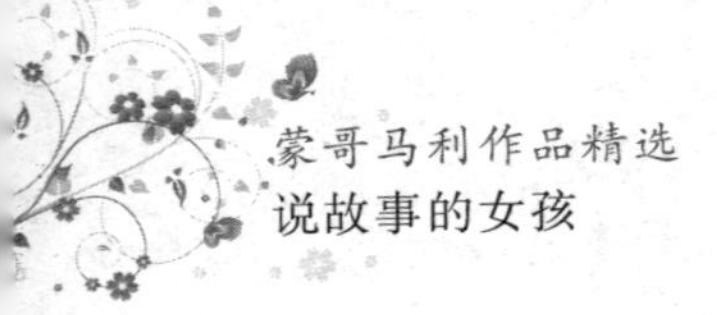

派一定很好吃。”罗佳伯父说。

就这样，下午茶后我们出发采树莓，菲莉思蒂体贴地为我们准备了小蛋糕。我们到达森林泉水旁，便坐下来吃蛋糕，说故事的女孩为我们讲了一个峡谷涌出幽灵泉的故事——那里住着一位贵妇，用黄金宝石杯和造访当地的人们干杯，故事就从这里开始。

“如果用那杯子与贵妇干杯的话，就再也无法回到这个世界，而被带往仙女国度，娶仙女为妻。到仙女国的人也不会想到人间，用那魔法杯饮水的人，以前的一切都会忘记，每年只有一次让他想起从前的事。”说故事的女孩眼中闪耀着光芒。

“要是真有仙女国那样的地方就好了，我真想去呢！”雪莉说。

“我想应该有那个地方，爱德华舅舅说有道路通往仙女国。”说故事的女孩如梦般说道。

的确，应该有仙女国般的场所，只有小孩能发现那条通道。小孩成长为大人后，便忘记怎么去了，即使想找也找不到，这就是人生的悲剧。那天来临时，亚当之门便从背后关闭，黄金时代终告结束，从此过着平凡的生活。只有极少数存有赤子之心的人，能够再度找到迷失的美丽小径；也只有他们能立于台上接受祝福，走进那令人怀念的国度，世界就称这些人为歌手、诗人、艺术家等。

我们坐在泉水旁时，笨先生正好在这枫林中经过，肩上扛着一把枪，身旁还跟了一条狗。

他一点儿也不像笨男人，大步前行，感觉很豪迈，看起来似乎天地尽在他手中。

说故事的女孩挥发青春的朝气，向他投以一吻；笨先生也脱下帽子，威严而优美地回礼。

“真不知道人们怎么会称他为笨先生。”笨先生离去后，雪莉说。

“如果在舞会或郊游场合见到那个人，你就会了解原因了。如果有女人看着他，他手中的盘子便会掉落在地上，看了就令人受不了。”菲莉思蒂说。

“明年夏天一定要想办法接近他，否则等我长大，他看见我就害怕，我怎么问出黄金墓冢的秘密呢？”说故事的女孩说。

天色渐暗，又到了回家的时候，果树园充满了影子与不可思议的声音。我们走到半路，遇见了彼得。他的脸色苍白，眼睛也充满恐惧。

“彼得，怎么了？”雪莉问。

“家里……有……钟声。”彼得颤抖地说。

我们不自觉地将身体靠近。

“胡说，我们家没有会响的钟啊！一定是你听错了，否则就是罗佳伯父故意捉弄你。”菲莉思蒂颤抖着声音说。

“罗佳伯父挤完牛奶就立刻到马克汀去了，我带着牛到草地上。约十五分钟前回到家里，我在门口坐了一下，突然听见八声钟响，于是赶紧跑来找你们。”

我们每个人身体相依，深怕突然出现什么状况。这时候不

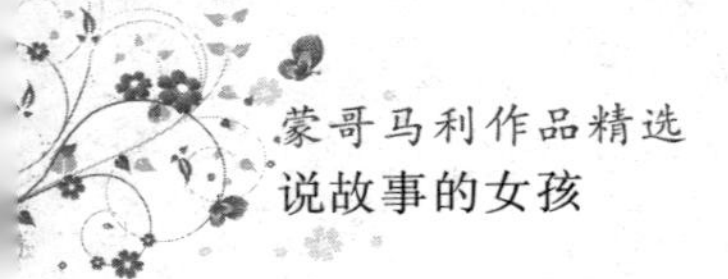

论发生任何动静，都会令我们魂不附体。

“家里不会有其他人啊！”菲莉思蒂说。

“钥匙在这里，谁要去看看？”彼得问。

“这是男孩子的责任，你们比女生勇敢！”菲莉思蒂说。

“我们不同，虽然这世上也没什么大不了的，但有关鬼的事除外。”菲利克坦率地说。

“有鬼在的话，一定是曾经发生过什么事，像是有人被杀之类的，可是金克家族都是了不起的人啊！”雪莉说。

“会不会是艾美·金克的灵魂？”菲利克喃喃说道。

“艾美不会出现在果树园之外的场所！”说故事的女孩说。

“喂！喂！你们看，阿雷克伯父的树下是不是有什么东西？”我们在恐惧中望向阿雷克伯父的树，的确有东西，不知什么东西在缓缓移动——

“那不是我的旧围裙吗？今天我找母鸡时放在那里的，现在该怎么办呢？罗佳伯父还要好几个钟头才会回来……真不敢相信家中会有什么……”菲莉思蒂说。

“也许是贝克·保恩！”达林说。

这对我们并没带来什么安慰，我们都和冥界来的客人一样畏惧贝克·保恩。

“贝克·保恩不可能在罗佳伯父锁门之前进入家里，既然这样，门上锁后她又怎么进入的呢？不对，不是贝克·保恩，是其他东西，会走路的东西。”彼得提出自己的意见。

“我知道幽灵的故事，只有眼睛没有眼珠子的幽灵……”即

使到了这个时候，说故事的女孩还显得镇定自若。

“好了！不要说话了！不要再说任何一句话！”雪莉歇斯底里地叫。

说故事的女孩停下来，但她已经说了话头——没有眼珠子，只有眼睛孔的幽灵，足以使我们幼小的心灵血液冻结。

这个八月的晚上，好像人世间只有金克家果树园的六个小孩，其他一切人都不存在。

这时候，突然什么东西从树枝上跳了下来，站在我们面前。我们一起发出尖叫声，空气为之震颤。

如果有地洞，我们一定都会钻进去，但这时我们只有拥抱、尖叫的份儿。四周是望不见尽头的树林，再仔细一瞧，那“东西”就是巴弟。

“巴弟……巴弟……”我抱起巴弟抚摸着，想从真实触感中寻找安慰。

巴弟并不在乎我们，从我的手腕中跳出了，无声地消失在丈高的草丛中。它已经不是我们容易亲近的巴弟了，只是一种动物罢了。

不久，月亮升起，夜风拍打在树枝上，树影们都在热情地舞蹈，恐怖的秘密隐藏在枞针林的家中。

我们吓得缩成一团。草已被露水沾湿，我们无法坐下，只好靠树边站立着。

“祖先们的幽灵只会在白天出现，白天即使看见幽灵也不会有什么感觉，夜晚就不同了。”说故事的女孩说。

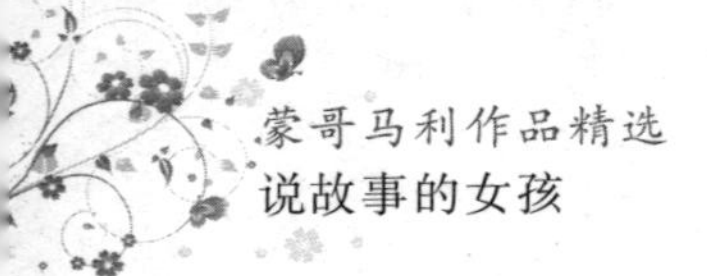

"根本没有什么幽灵。"我感觉那很愚蠢。

"那是什么东西使钟响呢？钟总不会自己响吧？"彼得问。

"啊！罗佳伯父怎么还不回来？"菲莉思蒂哭泣着叫了起来。

"虽然我知道罗佳伯父会嘲笑我们，但被嘲笑总比面对这么恐怖的时刻好吧？"

快十点的时候，罗佳伯父依然没回来。我们正要出果树园时，正好看见罗佳伯父站在玄关处，在月光下盯着我们看。

"是不是谁又吃了'毒果实'啊？"罗佳伯父问。

"罗佳伯父，不要进去，家里有恐怖的东西。彼得听见时钟响了，真的太恐怖了，千万不要进去！"菲莉思蒂认真地说。

"我听不懂你的意思，你们这群孩子真是伤脑筋！彼得，钥匙呢？你这孩子到底编造了什么话嘛？"

"我真的听见了！"彼得顽固地说。

罗佳伯父打开门，又打开玄关的门。这时，清脆的钟声响了十次。

"我听见的就是这个声音！"彼得叫道。

我们反应过来之前，罗佳伯父已经笑得不可开交了。

"哈……那是爷爷的老时钟在敲啊！"罗佳伯父往贮藏室走去，我们依然能听见他的咯咯笑声。

"罗佳伯父还笑得出来，我倒不觉得这么恐怖的事有什么好笑！"雪莉颤抖地说。

"都是彼得不好，弄得大家紧张兮兮的。"菲莉思蒂说。

"我从没听过时钟是那种响声，根本一点儿都不像时钟嘛！

门关起来，又听不清楚。”彼得解释道。

“我已经精疲力尽了！”雪莉叹息道。

我们每个人都“精疲力尽”了，连续三个晚上都出现了令人神经紧张的事情。

“明天晚上爸妈就要回来了，真高兴！我希望他们再也不要离家了！”雪莉兴奋地说。

第十七章

布丁的滋味

第二天早晨，菲莉思蒂心头盘旋着几件事情：得将家整顿好，必须准备诱人的晚餐，将做布丁的经验教给说故事的女孩。

说故事的女孩在接受菲莉思蒂一星期的烹饪讲习后，显得胸有成竹；但她不忘前车之鉴，在没有菲莉思蒂的许可下，什么也不敢做。不过，今天早上，菲莉思蒂没空监督她。

“你必须一个人负起做布丁的任务。我已经教过你了，有什么不知道的地方就来问我，没特别的事不要打扰我！”菲莉思蒂说。

说故事的女孩一次也没打扰菲莉思蒂。在午餐桌上，她扬言要独力完成布丁，并一副胜利在望的模样。

的确，从外表看来，她是成功了，金黄色的滑溜外表，让人忍不住流口水，但我们不忍心伤说故事的女孩的心——那布丁不但没有布丁的味道，而且好硬，不像是在吃布丁。

“如果是双胞胎的话，就可以多吃点。”达林说。

“因为斜眼的人比没斜眼的人吃得多？”彼得问。

我们都不了解这两个问题有什么关联。

“斜眼和双胞胎有什么关系？”达林问。

“双胞胎不就是斜眼人吗？”我们都捧腹大笑，彼得则别扭了起来。

“有什么不对吗？马克汀的德米和阿达姆·卡文是双胞胎，他们也都是斜眼人，所以我认为双胞胎都是斜眼人。你们笑吧，我不像你们读过那么多书，也不像你们那么有教养，我七岁就出外工作了，当然不像你们那么有知识啊！”

“彼得，注意！你也知道很多我们所不了解的事情啊！”雪莉说。

但彼得的心情并无好转，怒气冲冲地离开了家。在菲莉思蒂面前被嘲笑，或被菲莉思蒂嘲笑，都是难以忍受的事，彼得的确受到伤害了。

下午，菲莉思蒂整理好烹饪材料后，决定做针包。我们坐在地下室入口处看罗佳伯父教我们做大炮，不久便传来菲莉思蒂的声音：“雪莉，你知道母亲的旧针包放在哪里吗？我还以为放在缝纫机里呢！”

“是啊！”雪莉说。

“没有啊！我找过了，不在缝纫机里！”

说故事的女孩脸上浮现恐怖与羞耻的表情。如果就此沉默，针包不见得永远是个谜，但她还是坦白地说了出来。

“菲莉思蒂……”她的声音充满屈辱的痛苦，“我想那盒子

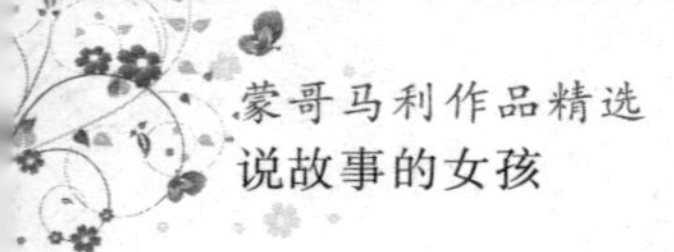

里的东西一定是布丁粉……所以就拿来做布丁了。”

菲莉思蒂和雪莉瞪大眼睛注视着说故事的女孩，我们男孩子则捧腹大笑，突然看见罗佳伯父把手放在肚子上，前后摇晃身体。

“哦……”罗佳伯父呻吟着。

“我从早上就一直觉得肚子刺刺的，现在终于明白了。我不知道吃下了几支针，惨了！惨了！我完了！”

可怜的说故事的女孩满脸苍白。

“罗佳舅舅，怎么会……不会在不知不觉中吞下针吧？否则牙齿和舌头都应该被刺到才对啊？”

“伯父吃布丁并没有咬，只是吞下去而已！”伯父扭曲身体呻吟着，表现出很痛苦的样子，菲莉思蒂则以轻蔑的眼光看着他。

“罗佳伯父根本没有不舒服，他是假装的。”菲莉思蒂故意说。

“菲莉思蒂，如果伯父真的因为吃下那些东西而死掉，你一定会后悔怎么可以对老人家说这种话。”罗佳伯父说。

“算了吧！每个人一生至少会吃下九公斤的灰尘。”菲莉思蒂咯咯地笑了起来。

“可这是第一次吃下针啊！雪拉·斯大林，还好奥莉比亚姑妈快要回来了。”罗佳伯父说。他边呻吟边往贮藏室去了。

“你觉得他真的不舒服吗？”说故事的女孩担心地询问。

“才不呢，一点儿也不！那种人不必为他担心，布丁里才不会有针呢！母亲早就想到了这一点，不会将针插在针包上的！”

菲莉思蒂说。

“我听过一个儿子吞下老鼠的故事，那个父亲着急地将医生从梦中唤醒：‘医生，医生，我家小孩吞下老鼠了，该怎么办？’‘请不要让他吞下猫。’疲惫不堪的医生说完，‘砰’的一声便将门关上了。”

“罗佳伯父说他吞下了针。他如果吞下针包也许会好一点儿。”

我们都笑了起来，但菲莉思蒂立刻以认真的表情说：“一想到吞下针包布丁就令人发抖，怎么会出现这种错误呢？”

“那里面的东西和布丁粉一模一样啊！我以后再也不敢随便烹饪了！”说故事的女孩苍白的脸羞得通红，“还有，要是有人将这件事告诉他人，我就不再说故事给他听了！”

这真是严重的威胁！但说故事的女孩可封不了大人的嘴，特别是罗佳伯父的嘴。每当风湿发生，罗佳伯父就会说是针在体内缝纫；奥莉比亚姑妈也会在自己家中的针包上附上纸条“里面的物品不适于做布丁”。

第十八章

亲吻是如何被发明出来的

八月的夜晚很沉静，没有露水，令人非常舒服。黄昏，菲莉思蒂、雪莉、雪拉·雷恩、达林、菲利克和我六个人坐在果树园说教石旁冰冷的草地上，西方天空中有蓝白色的云花朵般地点缀着。

罗佳伯父去车站接人，客厅桌上摆满了色香味俱全的菜肴。

“这真是有意思的一星期，今晚大人们会回来让我觉得很高兴，尤其是阿雷克伯父。”菲利克说。

“不知道他们有没有带什么礼物回来。”达林说。

“我真想听婚礼从头到尾的情形。”菲莉思蒂说。

“女孩子只想得到结婚的事！”达林不屑地说。

“胡说，我才不结婚呢！结婚多恐怖啊！”菲莉思蒂回嘴道。

“不结婚不是更恐怖吗？”达林继续嘲笑道。

“这要看结婚对象是什么样的人。要是像父亲那样的男人就很好，如果是像安德鲁·霍特那种男人啊，可就惨了，听说他对妻子很坏，根本不体贴。”雪莉认真地说。

“也不一定男人都不好。我要是结婚，一定会对妻子很好的，但我也要当个一家之主，整个家必须以我的话为准。”达林说。

“别说大话了！”菲莉思蒂嘲笑道。

“菲莉思蒂·金克，娶到你的男人真是可怜！”达林说。

“拜托！别吵架！”雪莉恳求道。

“谁在吵架？是菲莉思蒂那家伙乱说话，我只不过纠正她而已。”

雪莉的努力没什么效用，两人呈现一触即发的危险状态。还好，这时候说故事的女孩从史蒂芬伯父的步道缓缓跑来，化解了危机。

“哇！说故事的女孩打扮得真漂亮！”菲莉思蒂说。

的确，说故事的女孩穿了一件粉红色衣裳，头上还戴了红蔷薇花冠，两手抱着一大束蔷薇。

“菲莉思蒂，你把彼得怎么了？我看见他一个人在谷仓中。他说因为你，所以不想来和大伙儿一起聊天。我看他受到了很深的伤害哦！”说故事的女孩说。

“我才不管他受到什么伤害呢！”菲莉思蒂怒发冲冠地说。

“到底怎么回事？”

“那个人想亲我，好像我是可以随便让他亲的女孩子，太过分了！”菲莉思蒂涨红了脸。

说故事的女孩在我们身边坐了下来：“原来如此，那真该揪他耳朵。倒不因为他是个佣人，而是任何男孩子都不能对女孩

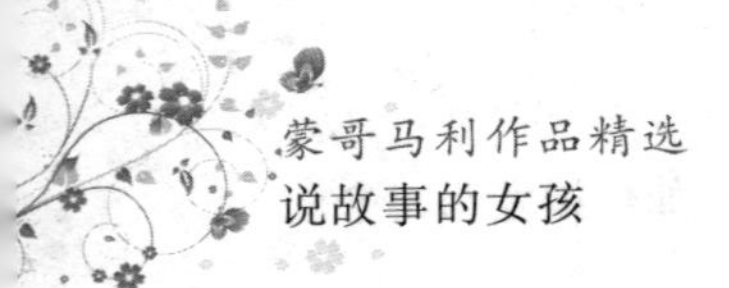

子无礼。说到亲吻，我想起了在奥莉比亚阿姨书上看到的一则故事，你们想不想听？题目是‘亲吻是如何被发明出来的？’”

“你是说在知道以前被发现？有这种事？”达林问。

“我们听听看吧！我觉得亲吻真是无聊！”菲利克说。

说故事的女孩将蔷薇放在草地上，双手盘在膝盖上，遥望着天边的夕阳开始说故事。

那是很久很久以前发生在希腊的故事。希腊是个有许多美丽故事的国度，在那之前，没有人会亲吻；那个人在瞳孔深处发现亲吻后，便将它记录下来，当成宝物流传下来。

从前，有位年轻的牧羊人，名叫达拉康。达拉康住在德贝这个小村庄；虽然后来德贝成为有名的大城市，但当时只是名不见经传的小村落，是个非常朴实而安静的地方。达拉康是位英俊的青年，很想走到外面看看广阔的世界。他拿着钱袋与牧羊杖来到德莎利，那是有神明山丘的土地，山丘名为奥林保斯，但这山丘和故事无关；故事的舞台是另一座山——贝里奥山。

达拉康发现了贝里奥山后，每天将羊带到这里放牧。之后，他什么也不做，只是坐在树下遥望美丽的大海，吹着笛子。

阿格蕾是雇主的女儿，为达拉康的笛声所迷。达拉康也对这位美丽的女孩一见钟情，常常梦想着自己有一天能带着羊群和阿格蕾一起生活。

阿格蕾与达拉康相互欣赏，却不知对方也喜欢着自己。阿格蕾几次上山躲在岩石边听美丽的笛声——那是充满爱意的笛声，但达拉康丝毫不知。他在吹笛时，心中也想着阿格蕾，这件事阿格蕾更不知道。

还好，皇天不负苦心人，不久，达拉康注意到了阿格蕾喜欢自己。如果在现在这个时代，阿格蕾的父亲绝对不会将女儿嫁给雇佣达拉康，但在这个故事里，一切都不成问题。

阿格蕾依然每天上山，看着达拉康放羊、吹笛，但达拉康现在不只是遥望远方吹笛了，他更喜欢和阿格蕾聊天，到了傍晚，两人便赶着羊群回家。有一天，阿格蕾走另一条小径上山，结果在溪流小石间发现了一颗闪闪发光的小石头，拾起来一看，是颗无与伦比的美丽小宝石，如豌豆般大小，在阳光照射下，呈现出七色虹，欣喜之余，阿格蕾决定将宝石送给达拉康。

突然，背后一声巨响，阿格蕾吓得魂不附体。这时出现了一位牧神巴恩，是人身与羊身的混合体。神话中的神不一定都是美丽的，但不管美不美丽，与神面对面总是令人恐惧的。

“把那宝石给我！”巴恩伸出手说道。

阿格蕾害怕得不得了，但始终不将宝石交出：“这是要送给达拉康的！”

“我也想送给可爱的树精，你一定要给我！”巴恩靠了过来，阿格蕾向山顶方向拼命地跑，只要跑到达拉康身边就好了。巴恩又吼又叫地在后面猛追，还好，不一会儿，阿格蕾就扑到了达拉康的怀里。

巴恩以恐怖的姿态与声音威胁羊群，将所有羊吓跑了，达拉康一点儿也不畏惧。巴恩是牧羊人的神，一定得听牧羊人的

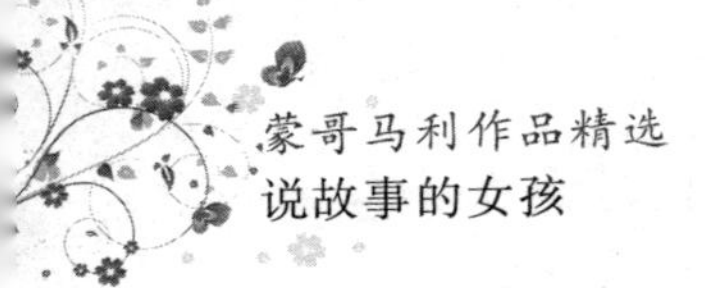

心愿，如果达拉康不是好的牧羊人，那就不知道阿格蕾和达拉康会发生什么事了；但达拉康是个勤奋的牧羊人，当达拉康要求巴恩离开并不再威胁阿格蕾时，巴恩就不得不立刻离开——虽然心中一百个不愿意，还是不得不消失。

“怎么回事？”达拉康问。

阿格蕾将事情的始末叙述了一遍，达拉康又问：“那美丽的宝石到哪里去了？难道你吓得吞下肚子了？”

不，怎么会呢？阿格蕾应该不是那么愚蠢的女孩。逃跑的时候，阿格蕾将宝石含在嘴里，现在宝石仍安全地停留在她口中。当红唇间露出宝石的瞬间，太阳光照得宝石闪闪发光。

“拿去！”阿格蕾喃喃说道。

问题是，怎么拿？达拉康两手将阿格蕾的双手紧紧压在侧腹。这时，达拉康想到了一个好方法，他用自己的双唇去拿阿格蕾唇间的宝石。

达拉康紧紧地接触阿格蕾的嘴唇——刹那间，他们都忘了美丽宝石的事，就这样，亲吻被发明了出来。

“荒唐，我才不相信呢！”达林叹了一口气说。

“当然，这不是真事！”菲莉思蒂说。

说故事的女孩沉醉在思绪中：“其实，即使事情并没发生过，但有这种事也很好呀！”

“我才不相信呢！故事都是编造的，哪有什么牧神巴恩？”菲莉思蒂说。

“也许那个时代有啊！你怎么能说一定没有呢？”菲莉思蒂无法回答说故事的女孩的这个问题。

“美丽的宝石不知怎么了？”雪莉说。

“不是阿格蕾吞下去了吗？”菲利克回答得很实际。

“达拉康和阿格蕾结婚了吗？”雪拉·雷恩问。

“故事里没有说清楚，我想他们当然会结婚，让我来编造完结篇吧！阿格蕾应该不会将宝石吞下，宝石掉落地面，二人亲吻后才发现。达拉康拿着这颗宝石买下了整个山谷的羊和牛，以及美丽的房子，两人结婚后过着幸福快乐的日子。”

“这只是你想的，事实怎么样我们根本不知道。”雪拉·雷恩说。

“唉，真傻！根本没有真事——你们听，那不是马车声吗？”达林说。

的确是马车声，三轮马车驶上小径，向我们家走近——阿雷克伯父、加妮特伯母、奥莉比亚姑妈回来了！

“啊——回家的感觉真好，虽然爱德华家的人都很亲切，但不管怎么说还是自己的家最舒适。罗佳，孩子们表现得怎么样？”加妮特伯母笑着问。

“大致说来，算是上等表现！”罗佳伯父说。

这时，我好喜欢罗佳伯父。

第十九章

恐怖预言

“今天必须将牧场的接骨木连根拔掉，罗佳伯父为什么不等天气凉一点儿再做呢？”彼得忧郁地说。

“你怎么不将自己的意见说出来。”达林问。

“站在我的立场是不能表达意见的，我只能照雇主的话去做。不过，我心里还是有自己的意见，今天热得像火烧。”彼得说。

除了菲利克去了邮局，我们全都在果树园。这是八月的一个星期六，午餐前，雪拉·雷恩因母亲有事外出，也和我们在一块儿。

这一周过得不太愉快。说故事的女孩和菲莉思蒂彼此不说一句话，不管什么样的聚会，两个人总是离得远远的。真实原因并不清楚，只知道两人上星期一不知为了什么事发生了口角，从此便互不说话。

不管我们怎么说，她们总得有个人先开口才行啊！可是就连雪莉的泪水也没任何效果。雪莉每晚一想到这件事就哭，她每天都祈祷，希望说故事的女孩和菲莉思蒂能恢复感情。

“菲莉思蒂如果不原谅别人，死后不知会到什么地方去。”雪莉哭诉道。

“我可以原谅任何人啊！但要我先开口，免谈！”菲莉思蒂回答。

“她们两人以前就这样吗？”在史蒂芬伯父的散步道上，我问雪莉。

“去年夏天也发生过同样的事情，前年夏天也有过一次，但都没持续这么久，只有两三天而已！”

“谁先开口呢？”

“说故事的女孩先开口，每次都是她先开口说话，这次好像不一样了。以前说故事的女孩忘情于某件事情时，就会不知不觉中先开口和菲莉思蒂说话。”

“那我们可以想出使说故事的女孩沉醉其中的事，让她忘记和菲莉思蒂间的不愉快啊！”

“我也在祈祷！”雪莉那泪水润湿的睫毛眨了一下。

“想想看，雪拉·雷恩那次为学校图书馆捐款祈祷的事，也许那祈祷有帮助。”

“谢谢你！达林都说我祈祷根本不会有任何效果，两人吵架的话，上帝根本不会赐予任何恩惠。达林要我别再给吵架的两人添麻烦了，真是奇怪的理论，达林长大后，不知道会不会变得像罗勃特·霍特伯父那样，根本不上教会，也不唱圣歌，《圣经》只读一半？”雪莉颤抖着说。

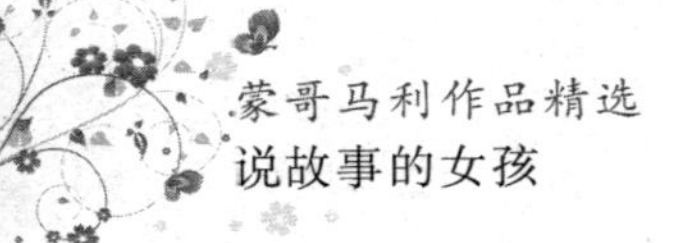

“那个伯父是读哪一半？”我好奇地问。

“伯父说有天国，可是……没有地狱。我不希望达林变成那种人，那是很可耻的，你总不希望大家都上天国吧？”

“嗯！不希望！”我想起了比利·鲁宾逊，便如此回答。

“当然，必须到另一个场所的人很可怜，就算他们到了天国也不会幸福。去年秋天，我和菲莉思蒂到凯蒂家玩时，安德鲁·马狄告诉了我们另一个地方的事情，好恐怖哟！当时我们正在烤洋芋，安德鲁说另一个地方比天国更有趣，那里的火就像烤洋芋的火熊熊燃烧着，你听过这种事情吗？”雪莉问。

“我想火里跟火外一定差很多。”

“当然，安德鲁是故意要吓我们的。反正我现在要开始祈祷了，让说故事的女孩遇到醉心的事情——祈祷菲莉思蒂先开口根本是白费工夫，那是不可能的。”

“你不觉得上帝办得到吗？”我觉得每次都由说故事的女孩先开口说话很不公平，这次应该轮到菲莉思蒂。

“那上帝可就很辛苦了。”对菲莉思蒂非常了解的雪莉说。

彼得如预料中一般，站在菲莉思蒂那一边。他认为说故事的女孩年龄比较大，应该先开口。

雪拉·雷恩认为说故事的女孩是半个孤儿，应该由菲莉思蒂主动开口。

菲利克一直努力使两人和好，并负起仲裁者的使命。但说故事的女孩表示，菲利克只不过是个孩子，不会了解的；菲莉思蒂则说，猪小弟管好自己的事情就好了，搞得菲利克简直两

面不是人。

达林根本不同情两位女孩，尤其是菲莉思蒂。

“她们两人根本是闲着没事干。”达林说。

如果她们年龄还小，也许我们可以处罚她们；但现在处罚根本行不通。少女间的冷战，让我们幼小热情的灵魂为之冰冷。

说故事的女孩做了一个花冠戴在头上，那闪亮的瞳孔、迷人的微笑、魅力的红唇——都是我们所熟悉的。她偶尔会说：“我知道一个故事，有个顽固的男人……”说故事的女孩说到这里就不再说下去了，我们永远不知道这个顽固的男人怎么了。

菲利克拿着报纸从小径拼命跑过来。要让菲利克这么胖的少年在八月的艳阳下奔跑，真是不简单啊！虽然这是菲莉思蒂的话，但我们也有同感。

“不知道有什么坏消息传来！”雪拉·雷恩说。

“难道……父亲怎么了？”我叫着跳了起来，心头一阵寒意。

“也许是好消息！”说故事的女孩说。

“好消息的话，他怎么会跑得那么急？”达林讽刺道。

当果树园大门打开，菲利克跑进来的一刹那，我就知道不是好消息。这么急忙跑来，应该涨红了脸；这时，他却如“死人般苍白”。我不敢问话，最后还是由菲莉思蒂先说话：“菲利克·金克，到底发生了什么事？”

菲利克交出报纸，那是夏洛镇每日日报。“你们看……这个……是……真的吗？世界……末日……来了吗？明天……下午……两点！”喀嚓！菲莉思蒂手中蓝色的杯子掉落在地上，

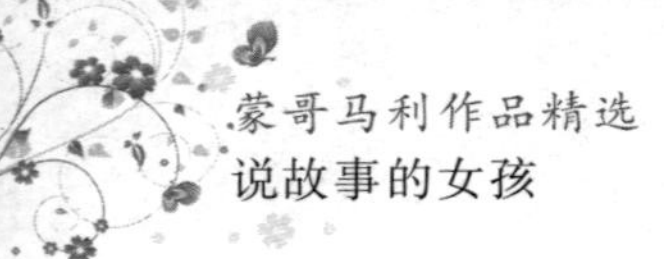

多少岁月以来毫无伤痕的杯子，现在已经碎在地面上。如果在其他时候，这一定是件大事，现在已经没人去在意它了。如果明天就是世界末日，一个杯子算什么呢？

“啊，雪拉·斯大林！你相信这件事吗？你相信吗？”菲莉思蒂拉着说故事的女孩的手喃喃说道。

雪莉的祈祷奏效了，兴奋紧张之余，菲莉思蒂主动开口和说故事的女孩说话了；但这件事和杯子打破一样，瞬间引不起我们的注意。说故事的女孩接过报纸，将新闻念出来：“最后的钟声将在明天两点响起。”标题下记载着美国一位著名宗教家，预言八月十二日是最后审判日，众多信徒会聚集起来祈祷、断食，身着升天礼服——白色装扮。

现在想起来觉得可笑，当时对我们这群孩子而言，就像世界要毁灭般恐怖——每日日报通知大家，八月十二日是最后审判日。

“你相信吗？雪拉·斯大林，你相信吗？”菲莉思蒂再度叫道。

“不，怎么会相信？”说故事的女孩说。

只有这个时候，她的声音中包含着不确信，不，正确而言，应该是正好相反——相信。

“没道理啊！明天是最后审判日，今天怎么什么事都和平常一样呢？”雪拉·雷恩哭着说。

“可是，《圣经》上不是这么写着，那一天就这么到来，如同夜袭者悄悄造访吗？”我说。

“可是《圣经》上还写着其他事情啊！”雪莉拼命想反抗。

“没有人知道最后审判日什么时候来——即使天国的天使也不知道，你们看，连天使都不知道，每日日报的记者怎么会知道呢？那个人大概是自由党员！”

“自由党员和保守党员知道的事情一样。”说故事的女孩反驳道。

罗佳伯父是自由党，阿雷克伯父是保守党，少女们均严守家族的政治家风。

“正确而言，预言者不是每日日报的记者，而是美国男人，他怎么知道的呢？”

“还刊在报纸上，和《圣经》一样，是打字的哦！”达林说。

“我相信《圣经》，但不相信明天是最后审判日……不过，这还是件恐怖的事。”

这是我们全体的心情，和幽灵敲钟的情况一样，虽然难以相信，却还是陷于恐怖中。

“也许写《圣经》的时候谁也不知道，但现在知道的人出现了。《圣经》是几千年前的书，而这项新闻是今天早上才印刷的啊！”

“我还有好多事要做，如果明天真的是最后审判日，我就没时间做事了。”说故事的女孩悲伤地说。

“希望不要比死亡还恐怖！”菲利克说。

“今年夏天，我已经习惯上学和上教会，感觉非常好。要是早一点决定长老派或美以美派就好了，现在已经太迟了。”彼得认真地说。

“没关系，彼得，只要你是基督教徒就好了！”雪莉说。

“不，已经太迟了，从现在开始到明天两点，我不能只做个基督教徒，我希望有个归属。虽然要等长大后才知道两者的分别，现在却不得不决定，我想加入长老派，和你们一样！”彼得悲伤地说。

“我知道茱蒂·比诺和长老派的故事，但现在不能说。如果明天不是最后审判日，星期一再说这个故事给你们听。”

“如果早知道明天是最后审判日，星期一就不该吵架，也不该一星期都不说话。真的，雪拉·斯大林，我是说真心话。”菲莉思蒂惋惜地说。

啊！菲莉思蒂！我们悲伤的幼小心灵深处想起了许多事，“如果早知道的话……”

“吵架那件事，我和你都有错！”说故事的女孩拉着菲莉思蒂的手说。

“过去的已经过去了，如果明天不是最后审判日，我们都不要再吵架了！啊！要是父亲在，那该多好！”

“如果明天在爱德华王子岛举行最后审判日，那应该也会到欧洲啊！”雪莉说。

“要是能知道报上刊印的到底是不是真的就好了！”菲利克无力地说。

到底该去问谁呢？阿雷克伯父外出，必须晚上才回来。至于加妮特伯母和罗佳伯父，都不是在此紧急状态下我们想要求助的对象。对了，还有奥莉比亚姑妈。

“不行，奥莉比亚阿姨头痛得厉害，现在正在睡觉，她要我

自己准备午餐。”说故事的女孩说。

“牧师大概知道这件事，可是他休假不在，我看还是回去问母亲好了！”菲莉思蒂说着，便拿起报纸往家里跑。我们激动地等待着她的消息。

“怎么样？”雪莉颤抖地问。

“母亲说：‘出去，别打扰我，我没空！’”菲莉思蒂悲伤地看看大家，“但我告诉母亲：‘报上刊载明天是最后审判日。’结果母亲回答我：‘猫和死脑筋的人都是审判狂！’”

“那就稍微安心一点儿了，夫人对那件事一点儿也不相信！”彼得说。

“可是明明印刷得清清楚楚啊！”达林说。

“那我们去问问罗佳伯父。”菲利克说。

我们发觉罗佳伯父是最后的希望。罗佳伯父正在贮藏室前拴马，他以难得认真的态度问我们怎么了，脸上一点儿微笑的影子也没有。

“想问您一件事。”菲莉思蒂说。

“罗佳舅舅，每日日报上刊登明天是最后审判日，是真的吗？”说故事的女孩声音中带着恐惧。

“哦？那就是真的了，每日日报刊载的消息总是很正确的！”罗佳伯父认真地说。

“可是，母亲不相信呢！”菲莉思蒂叫道。

罗佳伯父摇摇头说：“这就是问题！人啊，总是等到来不及时才会相信。我现在就立刻到马克汀收账，午饭后再到萨马特买一套新西装，等到最后审判日穿。”

罗佳伯父乘马离去，只留下了我们几个人。

“啊——好像就是这么一回事了！”彼得沮丧地说。

“有什么要准备的吗？”雪莉问。

“要是我也有跟大家一样的白裙子就好了，可是我没有，现在买已经太迟了。啊！要是我知道最后审判日会这么早来，我就应该更听母亲的话。今天回去，我就要告诉她灯会的事。”雪拉·雷恩哭泣着说。

“我觉得罗佳伯父的话并不是发自内心的，你们没看到他的眼神吗？他好像是故意一本正经地想吓我们！”说故事的女孩说。

“要是父亲在的话，就会告诉我们真话了。”达林说。

“我们现在除了等待别无他法。”说故事的女孩说。

“我们可以回家翻翻看《圣经》怎么说！”雪莉提议道。

我们悄悄进入奥莉比亚姑妈家，深怕将她吵醒。雪莉翻阅着《圣经》中重要的部分，却没带来一丝安慰。

终于，说故事的女孩说道：“好了，我必须准备马铃薯了，即使明天是最后审判日，今天的事还是得做完，我不相信那件事。”

“我也该去拔接骨木了，不知道我一个人是否拔得起来，我一定会尽全力！”彼得说。

我们往回家的路上走，发现井边那个破杯子的加妮特伯母将菲莉思蒂斥责了一顿。菲莉思蒂不但不难过，反而有点儿高兴。

“母亲一定不相信明天是世界末日，否则怎么舍得这样责骂我？”

她的话倒是给我们带来一些安慰。午餐后，说故事的女孩

和彼得来访，表示罗佳伯父真的到萨马特去了，这时候，我们沉落到不幸与恐怖的深渊了。

“罗佳伯父还是叫我去拔接骨木，也许他相信明天是最后审判日，却又觉得也许不会发生吧！你们谁陪我一起去拔好不好？不用帮我拔，和我做伴就好了。”彼得说。

结果，达林和菲利克一起前往，本来我也想去，但女孩子们反对。

“伯利，你留在这里陪我们嘛！我们本来和凯蒂·马恩约好去她家玩，现在一点儿心情也没有，真不知该怎么办。”菲莉思蒂请求道。

就这样，我留下陪女孩子们过了一个忧郁的午后。说故事的女孩虽然一直不相信那件事，但我们拜托她说故事，她总是不说。

雪莉一直缠着她母亲，不停地问：“妈咪，星期一你要洗衣服吗？”“妈咪，星期二晚上的礼拜，你要去参加吗？”“妈咪，下星期要不要做草莓派？”之类的问题，加妮特伯母只是不在意地随口回答“是啊！”“当然！”“好啊！”等，这却带给了雪莉很大的安慰。

雪拉·雷恩哭得像个泪人，与其说她恐惧最后审判日，不如说她更在乎自己没有白裙。下午，雪莉拿着一个心爱的瓷器水壶送给雪拉：“这个小壶送给你。”

雪拉也爱这个小壶爱得要死，她哭着说：“雪莉，谢谢你！即使明天不是最后审判日，你也不能要求我还给你哟！”

“当然，从现在起，它就是你的东西了。”雪莉好像清高得将俗物置之度外。

“你想不想将樱花花瓶送人啊？”菲莉思蒂随便问问，她很喜欢奥莉比亚姑妈送雪莉的那个花瓶。

“不想！”雪莉回答。

“没什么，我只是在想，如果明天是世界末日，那个花瓶对你就一点儿用处也没有了。”菲莉思蒂急忙解释。

“那花瓶不论对我或对任何人，都很有用处！”雪莉愤然说道。她怎么也不能放弃视如珍宝的樱花花瓶。

如果这时候有一位年长、聪明的朋友在旁边，告诉我们世界末日之说根本是子虚乌有的事，那不知有多好，但是没有这种人，周围的大人们都将我们的恐惧看成笑话。现在，头痛好了的奥莉比亚姑妈和加妮特伯母正在厨房嘲笑我们这群担心世界末日的孩子们，她们如铃般的笑声从窗户传出来。

“明天你们就笑不出来了！”达林阴森地说。

我们坐在地下室门口，望着西下的夕阳。彼得明天放假，但他选择留下来。

“如果明天是最后审判日，那我还是和你们在一起比较好。”彼得说。

雪拉·雷恩也想和我们在一起，但母亲要她天黑前回家。

“放心，雪拉，明天两点之前还不会发生什么事，你可以来这里。”

“可是，也许弄错了，也许不是明天，而是今晚两点。”雪

拉哭泣道。

的确，这是一项新的恐怖。

“今晚怎么说也睡不着了！”菲利克说。

“报上不是说明天两点吗？别担心！”达林说。

雪拉哭着往回家的路上走，仍不忘带走小壶。老实说，她的离开对我们而言是一项福音，至少少了一位流泪的少女。

“明天的现在，我们会在哪里呢？”日落时分，菲利克阴沉沉地问。这是不吉利的日落，太阳在重铅色云中沉没，留下了紫红色的阴影。

“不管在哪里，希望我们都能在一起，至少还能做伴。”雪莉温柔地说。

“明天我要一直读《圣经》。”彼得说。

奥莉比亚姑妈走到屋外准备带说故事的女孩回家，但说故事的女孩要求留在这里。奥莉比亚姑妈送给我们一个亲切的微笑，轻轻点头表示同意。蓝色大眼睛与暖色调的金发，她真的很漂亮，我们一直很爱她，但想起她刚刚和加妮特伯母一起在厨房嘲笑我们，气愤之余，我们并没有回报给她微笑。

彼得不必取得任何人的同意，就这么留下来了。夜晚，又是风又是雨，好像世界在哭泣一般，即使陷于恐惧中，我们还是不忘祈祷。加妮特伯母命令我们熄灯，大家只好吹熄蜡烛，颤抖着爬上自己的床，屋顶上的雨声却更加让人睡不着。

第二十章

审判日

星期日早晨，天空一片阴郁的灰色，雨停了，天空被乌云覆盖着，风暴已经歇息，取而代之的是无风的静谧。我们认为，这正是“最后审判日”的前兆。

雪莉头发没有绑发带，只像清教徒般简朴地编了辫子。她说：“最后审判日，不能过于花哨。”

我们走到厨房，加妮特伯母说：“哇！小鬼们，第一次不用大人叫就自动起床，真是件大事哟！”

早餐大家都没怎么吃，餐后处理完杂务就空闲了。彼得依约读《圣经》，从《创世纪》一章开始读起。

“大概没时间全部读完，我能读多少算多少。”

这一天，卡拉尔没有说教，主日学校要到下午才开始。雪莉拿出圣句卡专心用功，我们不知道她怎么办到的，可以确定，我们是做不到的。“即使今天不是最后审判日，我也要用功——没想到这些这么难背。”雪莉说。

十一点，彼得读完《创世纪》，接着读《出埃及记》。

“虽然有些地方不懂，但我还是一句一句读，约瑟夫和兄弟的故事很有趣，让我忘了最后审判日的事。”

午餐时刻，达林突然神经质了起来：“最后审判日怎么不快来呢？”

“住口！达林！”菲莉思蒂和雪莉异口同声叫道，但说故事的女孩好像同意达林的话。

午餐后，太阳欢喜地露脸了，这才是吉祥之兆。菲莉思蒂认为，如果是最后审判日，就应该不会放晴，但我们还是换上了整齐的服装，女孩子们穿着白裙。

不用说，雪拉·雷恩当然是哭泣着出现，她表示，母亲相信每日日报的记载，也恐惧世界末日的来临，这点使我们更加不安。

“所以母亲才会让我来这里。我告诉她灯会的事，她一点儿都没生气，你们说，这不反常吗？”雪拉哭泣着说。

雪拉没有白裙，围了一条白围裙。

“审判日穿围裙，不太适合吧？”菲莉思蒂问。

“可我只有这件围裙是白色的啊！”雪拉又哭了起来。

“我们到果树园去等吧，现在是一点，离命运时刻还有一小时。我们将大门打开，这样就可以听见时钟敲响两点钟的声音。”说故事的女孩说。

于是，我们往果树园进发。由于草地潮湿，我们就坐在阿雷克伯父的树上。世界充满美丽与和平的绿色，头上白云点点

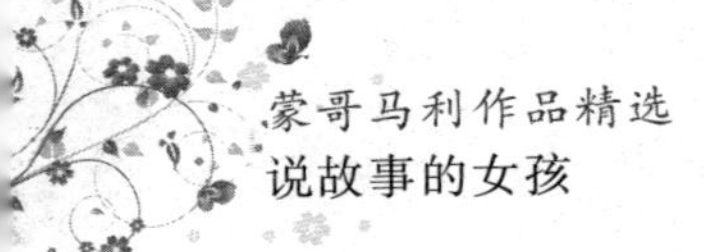

散在空中。

“奇怪，世界末日怎么一点儿也没恐怖的样子！”达林开始吹口哨。

“是啊！不过，星期日请不要吹口哨！”菲莉思蒂冷冷说道。

“读到现在，都还没出现美以美派或长老派，《出埃及记》都快读完了，不知道什么时候才会出现。”彼得突然说道。

“《圣经》上没有美以美派，也没有长老派。”菲莉思蒂以嘲笑的口吻说。

彼得满脸疑惑地说：“嗯？那怎么会有这两种东西产生呢？是什么时候开始的？”

“我们也不清楚。”雪莉说。

“不管怎么样，就算今天不是最后一天，我以后也要不断读《圣经》，没想到《圣经》这么有趣。”

“没想到你也会觉得《圣经》有趣！”菲莉思蒂说。

“《圣经》是本有意义的书，有好多了不起的故事。嗯！如果这世界没结束，下星期日我就说故事给你们听，不，不管怎么样，我下星期一一定说故事给你们听——不管我们在哪里。”说故事的女孩说。

“可是，在天国可以说故事吗？”雪莉颤抖地说。

“为什么不可以？”说故事的女孩瞳孔中散放出火花，“只要我有舌头，有人听我说故事，我就说。”

的确，这个不屈不挠的灵魂正于废墟与灭亡的世界上飞舞夸耀着，魂魄中充满自由奔放与豪壮的气概。听到说故事的女

孩黄金般的声音，即使最后审判日将至，也没有恐惧的必要。

“一定快两点了。”雪莉说。

“真不敢相信今天就是最后审判日。”菲利克说。

“可不可以说故事给我们听，消遣消遣？”我劝诱说故事的女孩。但她摇摇头说：“不行，如果今天不是最后审判日，我就说一个让你们吓一跳的故事，可是……”

巴弟突然跑进果树园，口中衔着一只大老鼠坐在我们面前，就这么将老鼠连皮带骨吞进肚里，然后表现出一副满足的样子。

“今天应该不是最后审判日，否则巴弟应该不会吃老鼠。”雪拉·雷恩脸上挂着一丝希望地说。

“那时钟再不敲两点的话，我真要爆炸了。”雪莉出现难得的兴奋之情。

“常言道，等待的时间总是比较长，不过我也觉得好像已经等了不只一个钟头了。”说故事的女孩也说道。

“会不会已经敲过钟了，只是我们没听见？要不要派个人去看看？”

达林这么一说，雪莉立刻站起来说：“我去！”

雪莉全身发抖着急奔而至。

“怎么样？两点过了吗？”说故事的女孩问。

“现在……现在已经四点了！”雪莉上气不接下气地说，“那个旧时钟停摆了，母亲昨天忘记上发条了，但厨房的时钟指着四点，已经不是最后审判日了。母亲已经准备好了下午茶，要我们进屋去呢！”

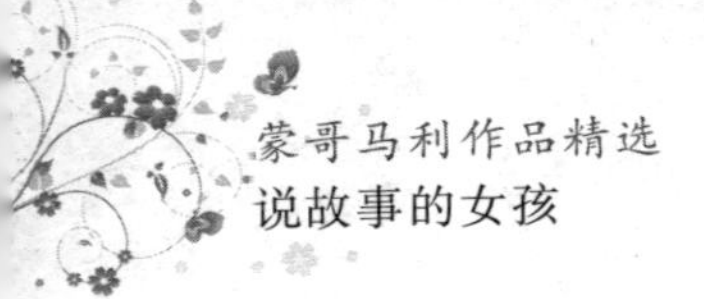

我们彼此互视着，根本不是世界末日，世界与人生还长着呢！还充满魅力地展现在我们面前呢！

“我再也不相信报纸上的消息了！”达林说。

“我不是说过吗？《圣经》比报纸更可信！”雪莉夸耀说。

雪拉·雷恩及彼得、说故事的女孩各自回家了。我们抱着无限的空腹感进屋，下午茶后上二楼换去主日学校的衣服时，感到衣服相当宽松，这时听见加妮特伯母在楼梯下严厉斥责道：“你们忘了今天是什么日子吗？”

“还可以活在这美丽的世界上，不是很棒吗？”菲利克边下山丘边说。

“是啊！菲莉思蒂和说故事的女孩又说话了，真好！”雪莉幸福地说。

“还是菲莉思蒂先开口的呢！”我说。

“都是最后审判日的功劳，可是……我也因此将瓷器水壶送人了。”雪莉叹息道。

“我不也在慌张中决定加入长老派吗？”彼得说。

“现在改变还不迟啊！”达林说。

“才不呢！我不是出尔反尔的人，一旦决定长老派，终生都是长老派。”彼得坚定地说。

“你不是说知道长老派的故事吗？现在可以告诉我们了吧！”我对说故事的女孩说。

“不行！不行！星期日不能说故事，明天早上再说给你们听。”说故事的女孩回答。

第二天早上，我们依约集合在果树园听故事。

“从前，茱蒂·比诺还年轻时——”说故事的女孩开始以动人的声音讲故事。

朱蒂是艾尔达·菲尔夫人的佣人，菲尔夫人是学校的老师，说话非常注意文法、语气。有一天，茱蒂流着汗跑来对夫人说：“今天真辛苦，做那些狗屁举重活！”

夫人听了非常吃惊地说：“茱蒂，不可以说这种不文雅的话，这时候应该说干重活！”

茱蒂很喜欢菲尔夫人，也很听她的话，便立刻回答：“是的！夫人，我记住了！”

不久，两人外出时，正好对面一辆满载木材的马车驶来，茱蒂想说一些文雅的话给夫人听，于是说：“夫人，那匹可爱的马，真的很像长老！”

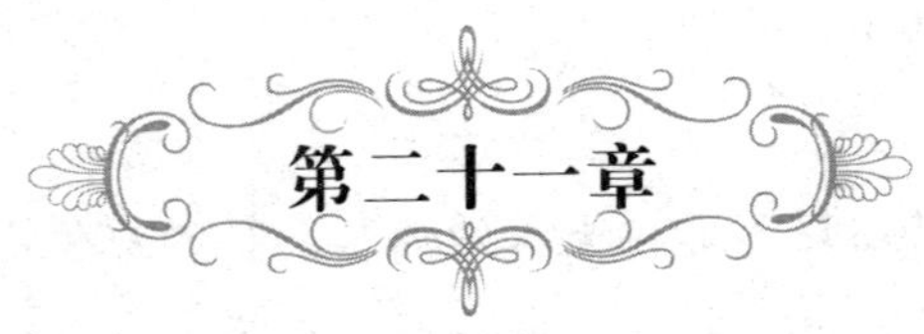

第二十一章

我不是说过吗

八月结束进入九月，收成告一段落，虽然夏天还没过去，但已看出衰退的颜色。新学期开始，我们住在山丘牧场上，过着无忧无虑的幸福日子。

一天傍晚，罗佳伯父经过果树园，问我们：“小鬼们，你们又想创什么伟业啊？”

当时我们正坐在说教石前各自专心看书。罗佳伯父离去后，菲莉思蒂无奈地说：“罗佳伯父说话真讽刺！”

说故事的女孩也深深地叹了一口气。

九月份，我们生活得很安详，没发生什么大不了的事。说故事的女孩提议，我们将自己的梦记录下来，说出来给大家听，并且约定在学校或人前不能嚼口香糖，但在森林、果树园、干草场不受限制。

“洁恩姑妈常说，不论在什么地方，嚼口香糖都是不礼貌的行为。”彼得以受良心苛责的口吻说道。

“我不认为你的洁恩姑妈了解所有的礼节。”菲莉思蒂说。

“我姑妈是真正的淑女，人前人后都一样，而且很聪明。要是我父亲有姑妈一半的聪明，我今天也就不会当别人的佣人了。”彼得反驳道。

“你知道你父亲现在在哪里吗？”达林问。

“嗯！我最后一次听见父亲的消息，是三年前在采伐林中。现在不知道他在哪里，不管他在哪里，对我而言都一样。”彼得不在意地说。

“彼得，他是你父亲呢！”雪莉说。

“哦？如果你还在襁褓中你父亲就离家出走，让你母亲赚钱来养活你，我不认为你对你父亲还会在意！”彼得挑战地说。

“也许有一天你父亲赚了一大笔钱回来了！”说故事的女孩说。

“做梦归做梦吧！”彼得更不屑了。

“凯恩贝尔先生从街道通过，那是一匹新面孔的小马，样子还不错，黑色的皮，名叫贝蒂·查曼。”达林说。

“给马取跟他曾祖母一样的名字，好像不太好！”菲莉思蒂说。

“也许是巴结也说不一定。”说故事的女孩说。

“或许吧！但女人向男人求婚，我倒不赞同。”

“为什么？”

“那不是很恐怖吗？如果是你，会那么做吗？”

“这个嘛！”说故事的女孩顽皮地笑了笑，“如果那个人真的很得我心，他又不向我求婚的话，也许我就会那么做了。”

“要我做那种事，我宁愿不嫁！”菲莉思蒂叫道。

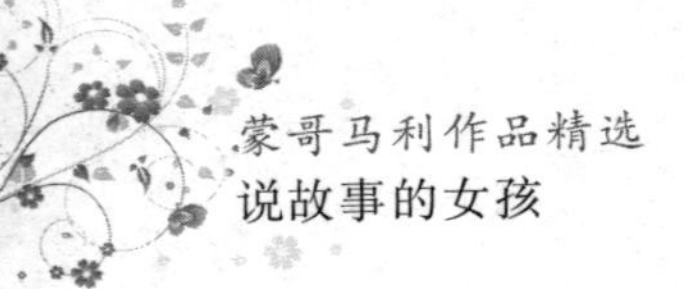

“像菲莉思蒂这么漂亮的女孩子，怎么可能不嫁呢？”彼得奉承地说。

菲莉思蒂甩甩金发，故做生气状。

“不管对方是谁，主动求婚不像淑女应该做的事。”雪莉说。

“家庭指南没这么说吧？”说故事的女孩故意说道。说故事的女孩知道菲莉思蒂和雪莉两人每星期都会仔细阅读《家庭指南》，那上面介绍了结婚典礼应该提什么袋子、被介绍时应该怎么说话、遇见自己喜欢的人该怎么做等。

“李查·库克先生的太太真的是向先生求的婚吗？”达林问。

“这是罗佳舅舅说的，我知道李查夫人的故事，她有句口头禅：‘我不是说过吗？’”说故事的女孩说。

“菲莉思蒂，这句话你应该很熟嘛！”达林嘲笑地说。

“他们结婚不久，太太就为了果树园种植的苹果树没有品名而和先生吵架。先生说是非姆斯种，太太说是黄德拉斯种，二人吵得不可开交。突然，先生大喊一声‘住口’，那时还没有《家庭指南》，太太不知如何面对这句话。你们一定不相信，太太真的住口了，一闭就是五年，五年期间，她没对先生说过一句话。

“五年后，苹果树结果了，正是黄德拉斯种。这时候，太太才开口，第一句就是——‘我不是说过吗？’”

“从此，那个人就像平常一样说话了吗？”雪拉·雷恩问。

“嗯，和以前一样！不过故事上没记载，你老喜欢问故事上没有的事。”说故事的女孩说。

“我想知道之后发生的事啊！”

“罗佳伯父打算一直单身吗？”雪莉问。

“单身好像很幸福！”彼得说。

“母亲说罗佳伯父不知不觉中错失了结婚的机会，发觉时，已经是没人要的单身汉了！”菲莉思蒂说。

“要是奥莉比亚姑妈结婚了，不知道罗佳伯父会怎么样。”

“可是奥莉比亚姑妈至今还没有结婚的动静，明年一月她就二十九岁了吧？”

“但还是那么美丽！”彼得说。

“要是家中举行结婚典礼，不知有多棒。我从来没看过人家结婚，好想看哟！已经有过四次葬礼了，怎么连一次结婚典礼也没有呢？”雪莉说。

“我一次葬礼也没参加过！”雪拉·雷恩落寞地说道。

“那就是傲慢公主的结婚丝带。”雪莉指着西南方向长而薄的云朵说道。

“那下面有粉红色的云，好可爱哟！”菲莉思蒂这么说，说故事的女孩也同意：“也许那片粉红云正飘向谁的睡梦中呢！”

“我昨晚做了一个噩梦，有老虎和双头人住在沙漠岛上的梦！”雪莉发抖地回忆。

“拜托！为什么我做什么梦，你们也跟着做什么梦呢？”说故事的女孩说。

“可是我真的做了那个恐怖的梦，不是故意要吓你们的！”

“我倒是做了一个有趣的梦，但太长了，记不住！”彼得说。

“为什么不写下来呢？我们将自己的梦写成一本书，等到白了头发时再拿出来看，一定很有趣。”说故事的女孩说。

这时，除了说故事的女孩，每个人的脑海中都浮现出自己和其他同伴年老、白发的模样。

只有说故事的女孩没有想象成老态的模样，永远永远——她都是闪亮的茶色鬈发，永远有着星星般闪耀的瞳孔。

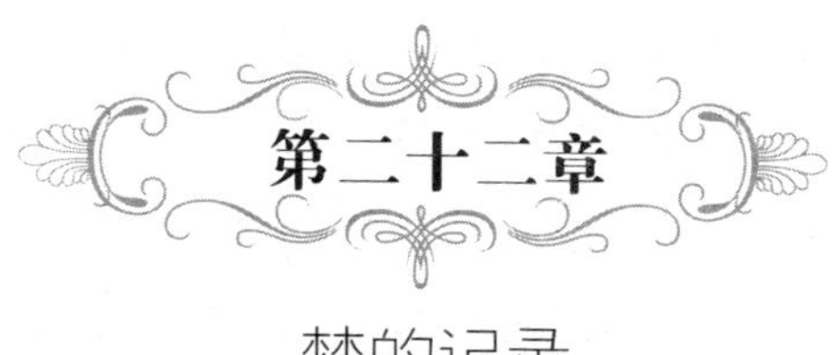

第二十二章

梦的记录

第二天，说故事的女孩拜托罗佳伯父带她到马克汀买记录梦境的笔记本。我的是淡黄色，封面贴着“伯利·金克之梦”。

每当翻开笔记，眼帘映出“昨夜梦见……”的记录时，过去的记忆便惊人地鲜明，有如立于面前一般。这本小笔记中，记录了伯利·金克的少年岁月，记录了那一段魔术般多彩多姿的日子。

雪拉·雷恩的梦最无聊，唯一有叙述价值的是她乘着气球掉下来的梦。

“每当紧要关头，我就醒了！”雪拉颤抖地说。

“不会醒的话，不就死了吗？也有人在睡梦中死去呢！”彼得怀疑地问。

“洁恩姑妈说的！”

“那就是真的了！”菲莉思蒂嘲笑地说。

“为什么每当我提到洁恩姑妈时，你说话总带刺？”彼得不

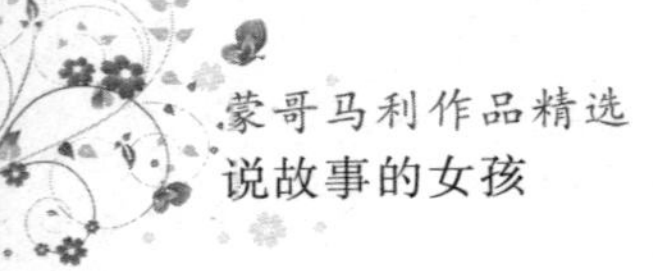

客气地问。

“说话带刺？什么嘛！我没说什么啊？”

“但听起来就让人家不舒服！”

“洁恩姑妈长得怎么样？漂亮吗？”雪莉询问。

“倒是不漂亮，和上星期说故事的女孩的父亲送给她的画中女人很像——那个头部四周放出光芒，抱着小婴儿的女人。我见过洁恩姑妈用画中女人看婴儿般的眼光看我，我母亲就不那样——可怜的母亲，洗衣服洗得好憔悴，要是我能梦见洁恩姑妈，不知有多好！”彼得说。

“死者在梦中，生者在现实。”菲利克引用成语说道。

“我昨晚梦见马克汀库克先生的店里起火，大家将我从熊熊火焰中拉出来……但还没看到自己是不是死了的时候就醒了。”

“总是在最精彩的时刻醒来！”说故事的女孩发出不平之声。

“我昨夜梦见自己真的拥有鬈发。”雪莉悲伤地说，“我那时好幸福，一睁开眼睛，发现自己仍是直发，沮丧极了！”

菲利克梦见自己飞翔在空中。他的空中之旅令我们非常羡慕，就连说故事的女孩也无法达成这种梦。菲利克是做梦的天才，即使文章不佳，但内容是全体中的佼佼者。其中被我们一致认为是杰作的，是在果树园中被加妮特伯母追逐，绕了说教石几圈后，瞬间变成猪身的梦。

就在我们开始记录梦不久，菲利克发病了，这是菲利克的宿疾。加妮特伯母给了他保肝剂，菲利克拒吃，不论威胁或利诱，他就是不吃。我了解菲利克对取得不易的白色小药丸的反抗心理，但菲利克身心恢复后，才在果树园中向我们说明。

“我担心服用保肝剂后无法做梦。还记得多伦多的巴克斯达伯母吗？她常告诉马克雷先生自己又做噩梦了，结果服用两颗保肝剂后，就再也没做过梦。如果真是如此，我宁愿死！”

“昨夜我第一次做好梦！”达林夸耀地说。

“我梦见贝克·保恩奶奶追来，我想她只会追到家里，没想到她还追来了果树园。我拼命跑啊、跑啊！最后还是被她抓到了，我发出哀号——然后就醒了！”

“好像真的发出哀号了，我们在房间听见了！”菲莉思蒂说。

“我不想做这种被抓的梦，否则我就死定了！”雪拉·雷恩说。

“贝克·保恩不知道会对抓住的人怎么样？”达林思考着。

“其实她不抓人也可以，只要看一眼，下咒语就可以让人不舒服了。”彼得发出不吉利的声音。

“我才不相信那种事！”说故事的女孩不屑地说。

“不相信？好，去年夏天，那位奶奶到马克汀雷恩·菲尔家，雷恩叫她出去，煽动狗去咬她。贝克·保恩走出门，手交叉在胸前，口中念念有词地穿过了牧场，第二天，牧场中最好的牛就死了，这该怎么解释？”

“那只是命吧！”说故事的女孩像以前一样充满自信地回答。

“也许吧！我可不希望她对我的牛怎么样。”

“昨夜，我梦见蓝色衣箱打开了。”说故事的女孩如痴如醉地说。

“有好多东西……蓝色陶瓷蜡烛——梦中是用珍珠做的，还

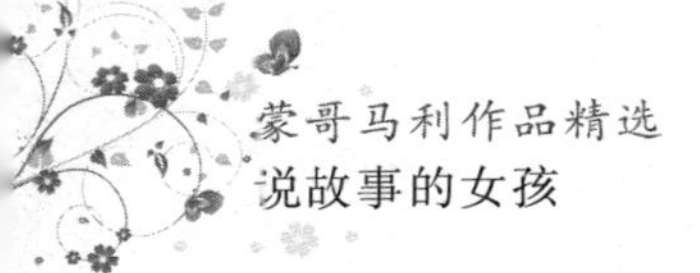

有装着苹果的水果篮、结婚礼服、衬裙，我们边笑边看，结果莉莎·霍特本人来了，非常悲伤地望着我们，我们都感到羞耻。我哭了起来，万分后悔，最后就在哭泣中醒来。”

“昨晚，我梦见菲利克变瘦了，衣服松松垮垮地滑落，只好一面提着裤子一面走路。”彼得笑道。

除了菲利克，大家都觉得很好笑。为了这个梦，他两天不和彼得说话。

菲莉思蒂也为梦所困。有一夜，她在睡梦中醒来，随即又陷入梦乡，早晨醒来，她一点儿也记不住昨夜的梦，于是下定决心，下次绝不可以如此。第二夜，她梦见自己死掉被埋葬——她立刻起床，点上蜡烛将梦记下，由于太醉心其中，不慎将烛火打翻——将桌垫弄焦了，破了一个大洞。不用说，她被加妮特伯母斥责了一顿，菲莉思蒂没有受过这么严厉的责骂，但她很冷静：“还好，梦记录下来了！”

这才是最重要的，不可思议，大人怎么一点儿都不在乎人生最重要的事呢？新衣服坏了还可以再买，梦境一逝去，就再也追不回来了啊！这个世界上，能用金钱买到梦吗？

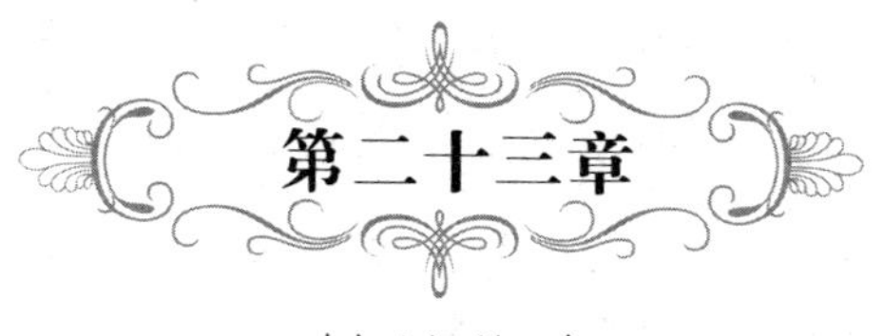

第二十三章

蛇的化身

一天傍晚，彼得叫住带着梦境记录前往果树园途中的达林和我，表示有点困扰想请我们帮忙。于是，我们避开女孩子们悄悄进入针枞林。

“昨夜，我梦见自己在教会里。我往座位走，仔细一看，根本一丝不挂。我很困扰，不知道可不可以在女孩子面前说出来。”彼得表明自己的困扰。

我认为这倒是一个大问题，达林却不在意地说：“要是我的话，就和其他梦一样说出来，这并不是什么坏事啊！”

“那些女孩子是你的亲戚，却不是我的亲戚。她们都是有教养的淑女，我觉得还是不要冒那种险。如果是洁恩姑妈，我一定毫不保留地说出，而且我不想让菲莉……女孩子们感到不舒服。”

因此，彼得不但没说出梦境，也没记录下来，取而代之，我在他的梦境笔记九月十五日处记录如下——“昨夜做梦，但

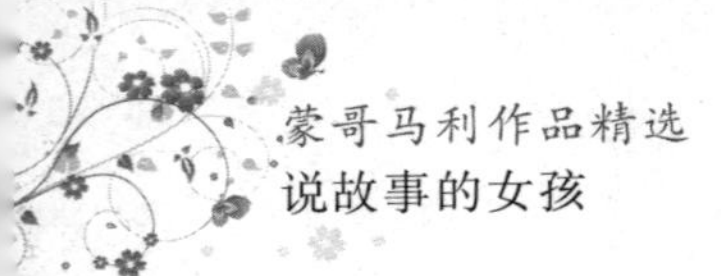

不是好梦，所以不写！”

少女们看见此项记录，没有人问起那究竟是什么“梦”。正如彼得所言，她们均保持“淑女”形象，不允许被邪恶的言词侮辱，如果对她们说些下流话，尤其是雪莉，那苍白的脸庞一定会因愤怒而涨红。

达林曾经犯了态度恶劣的罪，结果被阿雷克伯父打了一顿。真正使达林良心受到苛责，后悔万分的是，雪莉一夜哭泣到天明。第二天，他向雪莉发誓，绝不会再有第二次。

说故事的女孩和彼得的梦突然充满恐怖的气氛，由于难以想象，我们都不相信。梦境没有经过人的粉饰，但说故事的女孩是廉洁的人，彼得也在洁恩姑妈的教导下坚守人生应该走真实之路，两人谨守梦境的秘密维持了两星期。说故事的女孩显然不太舒服，奥莉比亚姑妈就对加妮特伯母说：“那孩子不知道是哪里不舒服，这两星期来一直怪怪的，不但头痛、没食欲，连脸色也变得很难看，我看我得和医生谈谈了。”

“先让她喝一点儿墨西哥茶，我们家因为墨西哥茶节省了不少医疗费呢！”加妮特伯母说。

但墨西哥茶对说故事的女孩一点儿效果也没有。

“如果再不问出彼得和说故事的女孩到底是为什么的话，我看我们的梦境记录停掉算了。”菲利克发出不悦的声音。

终究还是被我们刺探出来了。菲莉思蒂运用诡计导出了彼得的秘密，她告诉彼得，如果不自己招供，就再也不和他说话了；另一方面也施以利诱，表示如果他主动说明，今夏就和他

并肩来回于主日学校与家里，还答应让他拿书，彼得在双重攻击之下，终于屈服说出了秘密。

我原以为说故事的女孩一定会对彼得非常愤慨、轻视，但意外地，她很冷静地接受了。

“我想菲莉思蒂早晚会问出来的！”

没想到，使彼得和说故事的女孩坦白竟如此容易。奥莉比亚姑妈什么也不知道，只因为睡前吃了些消化不良的食物，夜晚就有许多精彩的梦造访，倒让我们大吃一惊。

“我根本没有做恐怖的梦的机会，因为母亲不让我睡前进食，真不公平！”雪拉·雷恩叹息道。

“你不可以白天藏些食物吗？”菲莉思蒂问。

“不行！”雪拉摇摇淡黄褐色的头发，“妈咪总是将橱柜上锁！”

一星期以来，我们都进食非法宵夜，也如愿地夜夜有梦——说来可笑，白天我们经常争吵，动不动就看对方不顺眼，就连说故事的女孩和我也吵架，这是以前从未发生过的事。只有彼得一人保持平常的沉稳，因为他没有将胃填得满满的。

有一天晚上大人们都到马克汀去了，我们可以大胆地爱吃什么就吃什么。雪莉吃掉了一大条黄瓜，我吃下了一大块肥猪肉。

“雪莉，你应该不喜欢吃黄瓜啊？”达林问。

“是不喜欢啊！但彼得说吃下一条黄瓜，夜晚会梦见被食人族抓去的故事，如果真能做这种梦，三条黄瓜我都愿意吃！”

雪莉吃下黄瓜后，又喝了一大杯牛奶。正好此时，听见阿雷克伯父马车渡桥的声音，我们赶紧将食物归还原位。加妮特

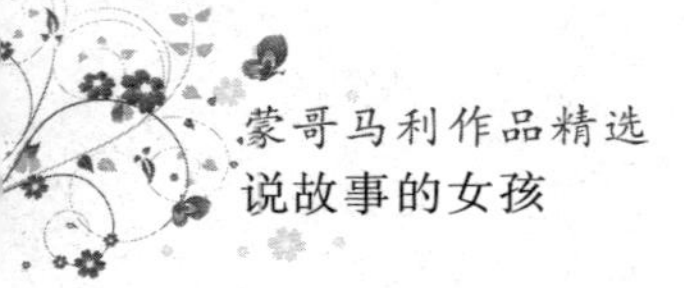

伯母进屋时，我们已经缩进各自的被窝了。不久，家中恢复了黑暗与静谧，再过一会儿，我们听见女孩子们的房间传来的嘈杂声。

“雪莉生病了，黄瓜一定有问题！”达林说着从床铺起身。

两三分钟后，宁静的家苏醒过来。毋庸置疑，雪莉得了重病，比当时吃下毒果实的达林更严重。阿雷克伯父虽然万分疲倦，还是急忙出门请医生，加妮特伯母和菲莉思蒂对雪莉进行家庭急救，一点儿效果也没有。菲莉思蒂向加妮特伯母说明了黄瓜的事，加妮特伯母认为，黄瓜不可能造成这么严重的后果。

“虽然黄瓜会引起消化不良，但不会到这么严重的地步；可是，雪莉睡前为什么吃下那么多黄瓜？她根本不喜欢吃黄瓜啊？”加妮特伯母不解地问。

“都是那个彼得，说什么吃黄瓜会做精彩的梦！”菲莉思蒂一脸怒气地说。

“你们想做什么精彩的梦？”加妮特伯母更加疑惑了。

“是为了做值得收藏在梦境笔记中的梦。我们每个人都有梦境笔记，自己将最有趣、最精彩的梦记录下来。为了做梦，我们才会睡前拼命吃……如果……雪莉发生什么事的话，我绝对不能原谅自己！”菲莉思蒂支离破碎地将秘密说出。

“天啊！你们这些孩子下一步到底还想做什么？”加妮特伯母一副无可奈何的模样。

医生到达后，雪莉丝毫没有好转。和加妮特伯母一样，医生也认为只有黄瓜不致产生这么严重的后果，当他知道雪莉也

喝下了一杯牛奶后，谜题终于解开了。

“我的天啊！牛奶和黄瓜一起吃会产生剧毒啊，她当然会生病了！别担心，担心也于事无补，雪莉的生命不会受到威胁，但必须好好休息两三天！”

不用说，彼得受到的指责最多。他觉得很不公平，也很委屈。“我并没有叫雪莉喝牛奶啊！如果她只吃黄瓜，什么事都不会发生了。”

雪莉能够再和我们一起外出时，彼得仍然抱怨着自己的不平：“我好心好意将秘方告诉你，加妮特伯母问起时，你却毫不保留地全说出来，真不够意思！”

“加妮特伯母从今以后，只许我们睡前喝牛奶、吃面包！”菲利克悲伤地说。

“走吧，到说教石去！我讲故事给你们听！”说故事的女孩说。

我们往说教石出发——不久，我们的笑声充满了整片针枞林，早就忘记被大人责骂的事了，仿佛遥远天边的仙女也在与我们一同欢乐。

过了一会儿，大人们的笑声与我们的笑声混合在一起。一日辛苦后，奥莉比亚姑妈、罗佳伯父、阿雷克伯父与加妮特伯母出现在果树园，加入了我们的阵容。我们最喜欢这时刻的大人们，他们寻回了一些赤子之心。

罗佳伯父和阿雷克伯父像少年般自在地躺在草地上休息；身着淡紫色衣裳，脖子处系着黄色蝴蝶结的奥莉比亚姑妈，手挽着说故事的女孩对我们微笑；加妮特伯母的母性容颜上，也

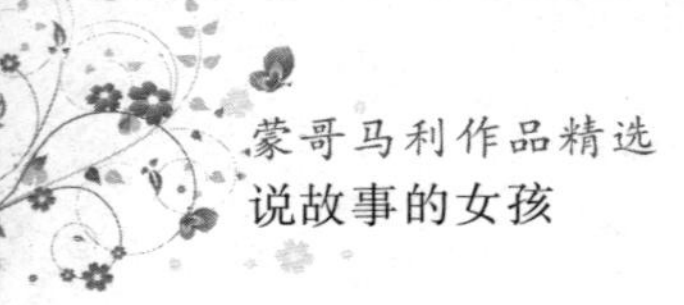

不见了那份慑人的苦劳。

说故事的女孩今晚是最受注目的一位，她的故事没这么感性过。

“雪拉·斯大林！”捧腹大笑之后，奥莉比亚姑妈突然竖起了手指，“你什么时候变得这么有名了啊？”

“雪拉，说那个去年夏天你曾说过的蛇女故事给他们听！”罗佳伯父说。

说故事的女孩二话不说开始进入主题。

途中，坐在她身旁的我不知怎地感到一阵莫名的厌恶，打从和说故事的女孩相识以来，第一次有从她身边逃开的念头。

环顾四周，才发现其他人也和我差不多有同样的感觉。雪莉双手捂住眼睛，彼得以恐怖的眼光盯着说故事的女孩，奥莉比亚姑妈脸色苍白，好像不太舒服的样子，在场人员似乎被咒语附身一般，都不太自在。

坐在那儿颤抖身子、轻声怪谈的人，也不是我们熟悉的说故事的女孩。她好像成了毒素、邪恶的替代品，如果不小心碰到她的褐色手腕，我想干脆死了算了。

她细长的眼睛里，散放出蛇一般冷酷的神色，我最喜欢的说故事的女孩突然成为邪恶的生物，不禁令人打战。

故事结束后，持续了短暂的沉默，加妮特伯母以严厉而稳重的语气说：“小女孩不可以说这种恐怖故事！”

这句话也解开了在场人员身系的咒语，大人们咯咯地笑了出来，说故事的女孩再度回到原来可爱的模样，已经不是蛇女

了。“是罗佳舅舅要我说的，我自己也不喜欢这种故事，实在太恐怖了，好像我自己都变成蛇了呢！”

这时，罗佳伯父也开口说道：“的确！我好像看见蛇了，你是怎么做到的？”

“我无法说明，自然而然就这样！”说故事的女孩回答。

就像我们没办法说明天才是怎么形成的一样，说故事的女孩真是个天才！

走出果树园，我跟在罗佳伯父和奥莉比亚姑妈后面。

“才十四岁的女孩，就如此充满才艺，不知她将来会怎么样？”奥莉比亚姑妈说。

“会成名！只要有机会，我想她父亲会重视她的才能。奥莉比亚，我们始终没被上帝眷顾，希望它照顾雪拉！”

这时模模糊糊注意到的事实，后来我才清楚地理解罗佳伯父和奥莉比亚姑妈年轻时也有梦想和野心，但由于环境没给他们机会，终不得实现。

罗佳伯父继续说：“也许不知不觉中，你我会成为世上最出名的演员的阿姨、舅舅。十四岁的女孩子在十分钟里就能让我们相信她是蛇的化身，想想看，她到了三十岁，不知会做出什么大事呢！”

我耳边模糊地听见罗佳伯父说：“该上床睡觉了，睡前记得别将黄瓜和牛奶一起吃下肚！”

第二十四章

被诅咒的巴弟

我们疼爱的巴弟又生病了——重病。

星期五，巴弟就显得没什么精神，喝完牛奶后便躺在碗边。第二天早上，它缩在罗佳伯父家门口，头靠在前脚上，对人与物漠不关心。即使我们逗它，拿好吃的东西给它吃，也都引不起它的注意；只有说故事的女孩抚摸它时，它才有气无力地抬头望望她，咪的一声，似在诉说难言的悲苦。看到此情此景，雪莉、菲莉思蒂和雪拉·雷恩都哭了，我们男孩子也有哽咽的感觉。

那天，我在奥莉比亚姑妈的榨乳场看到彼得，他觉得为巴弟而哭真是可笑。

“我会为了猫生病而哭吗？”彼得不屑地吹着口哨慢步向前走。

“如果我知道它哪里不舒服就好了！”可怜的说故事的女孩将巴弟搂在怀里哭。

“哪里不舒服？要是我的话就可以告诉你们，你们一定会笑死！”我们全体望向彼得。

“彼得，你在说什么？”菲莉思蒂问。

“我刚刚已经说过了啊！”

“那么，你说，巴弟是哪里不舒服？”说故事的女孩站起来说。

“它被诅咒了——就是这样！”彼得半挑衅半羞怯地说。

“被诅咒？开玩笑！”

“你看！我就说嘛！”

说故事的女孩看看彼得、看看我们、看看怀里的巴弟，喃喃问道：“受到什么诅咒？谁诅咒它？”

“我不知道它受到什么诅咒，我要是知道，不就会使用魔法了吗？但我知道它是被谁诅咒的——贝克·保恩！”

“开玩笑！”说故事的女孩又说。

“算了！你要不信就别信！”

“如果贝克·保恩会诅咒的话——虽然我认为她不会，但她为什么要诅咒巴弟呢？我们家和阿雷克伯父家的人不是都对那个人很亲切吗？”

“要我告诉你们吗？星期四午餐后，你们都去学校了，贝克·保恩来过这里，奥莉比亚阿姨请她吃饭——一顿丰盛的午餐。虽然贝克是魔女，但大家还是有说有笑的，奥莉比亚阿姨她很亲切呢！”

“奥莉比亚阿姨对每个可怜人都很亲切啊！我母亲也一样！”菲莉思蒂说。

“好，等我把话说完。贝克回家时，巴弟正躺在玄关楼梯上

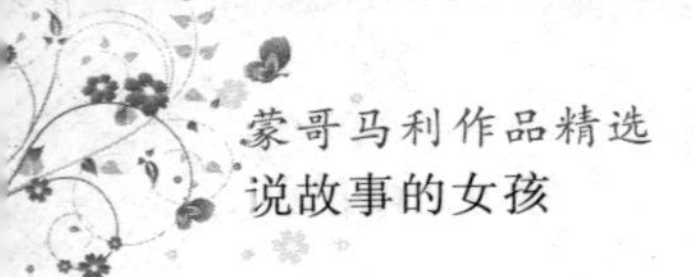

睡觉，她不小心踩到了它的尾巴。她应该知道巴弟讨厌被人踩尾巴吧？巴弟跳了起来，向贝克伸出前爪，我看见她看巴弟的那种眼神，就知道她是魔女。贝克往小径走，走到雷恩·菲尔的牧场时，悄悄地不停抖手，嘴中还念念有词，第二天早上，巴弟就有点儿异样了！”

我们伫立在迷惑中，沉默地互视着。那时我们还只是小孩子，就相信了有魔女这件事，而贝克也的确令人感到不舒服。

“真是如此吗？我不相信……但我一点儿办法也没有……难道巴弟必须死吗？”说故事的女孩惊吓得喃喃自语。

雪莉哇的一声哭了起来：“只要能救巴弟，我什么都相信，什么都愿意做！”

“可是我们什么也做不了！”菲莉思蒂漠然地说。

“为什么？我们可以去找贝克，拜托她替巴弟解咒。只要我们低声下气，或许她会答应！”雪莉边哭边说。

我们被这建议吓了一跳，去贝克家——那充满未知的恐怖啊！

“试试也无妨啊！就算她没让巴弟生病，我们这么做，大不了也只是让她生气而已！”雪莉企图说服大家。

“哪有那么简单！你们又不是不知道她是个恐怖的人，如果被她抓去了，不知道会怎么样呢！妈咪不是常说吗？——‘如果不听话，就叫贝克·保恩来抓去！’我不敢去！”菲莉思蒂说。

“如果真的是她让巴弟生病的话，我相信她也一定能让巴弟好起来。我必须走一趟，虽然我怕她，可是为了巴弟——你们

看！”说故事的女孩下定决心。

我们不约而同地望着巴弟。罗佳伯父出现时，虽然对我们说话一副漠不关心的样子，还是看了巴弟一眼。

“巴弟好像真的不行了！”罗佳伯父说。

“伯父，彼得说它被贝克·保恩施了咒语，伯父是不是也这么认为？”雪莉无助地问。

“巴弟被贝克诅咒了？完了，完了！谜底揭开了，可怜的巴弟！”罗佳伯父恐慌地说。

“伯父，贝克真的是魔女吗？”说故事的女孩疑惑地问。

“贝克是魔女？雪拉，如果你是个可以随时随自己的喜欢变成猫的女孩，那你是什么？魔女吗？答案你自己想。”

“贝克会变成猫？”菲利克瞪大了眼睛。

“这是贝克的功夫，对她而言，变成什么都是轻而易举的。毋庸置疑，巴弟是被诅咒了！”

“你又在向孩子们吹嘘什么？”正走向水井途中的奥莉比亚姑妈发出声音。

“没什么！”说着，罗佳伯父也提起水桶走了。

“连罗佳伯父都相信贝克是魔女呢！”

“奥莉比亚姑妈不是不信吗？我也不相信！”我说。

“好了，我也不相信！问题是，现在该怎么办？”说故事的女孩说。

“要是我的话，会带着礼物去看贝克，让她帮巴弟早日复原。当然，不可以告诉她我们认为是她害巴弟生病的，这样子，

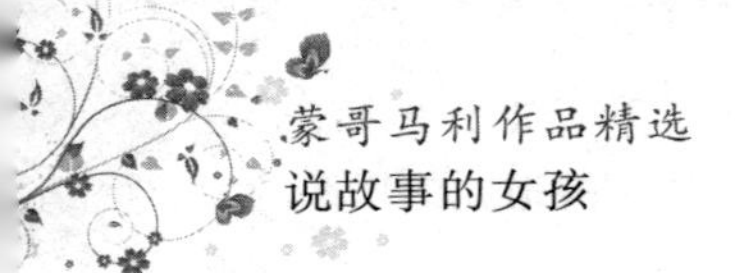

她应该不会不高兴，或许真的会帮巴弟解咒呢！”

“可是，谁去送礼给她呢？”菲莉思蒂问。

“大家一起去！”说故事的女孩说。

“不要，不管发生什么事，我都不要靠近贝克·保恩的家。”雪拉·雷恩尖叫。

“我有个想法，我们一起去送礼，另外写封非常有礼貌的信给贝克。我们将礼物和信一起奉上，一言不发地离开。”说故事的女孩说。

“贝克会看信吗？”我问。

“嗯！奥莉比亚阿姨说那是个有教养的人，而且很聪明。”

“如果见不到她呢？”菲莉思蒂问。

“那我们就把东西摆在入口楼梯上。”

“我们该送什么呢？”雪拉叹息道。

“绝不可以送钱。我想她一定喜欢饰品，我送她一条蓝色缎带。”说故事的女孩说。

“我送她今天早上做的海绵蛋糕，我想她一定不常吃到这种蛋糕。”菲莉思蒂说。

“我送她一个金戒指，看起来很像真金的！”彼得说。

“我送她薄荷糖果。”菲利克说。

“我送她自己做的樱桃酱。”雪莉说。

“我不要靠近那个人，但总得为巴弟做些事情，我送她上星期用苹果叶编成的蕾丝。”雪拉·雷恩颤抖地说。

我决定送一颗自己“诞生木”上的苹果给贝克，达林则送

贝克纸烟草。

“哇！那东西会不会让她生气啊？”菲利克问。

“不是，不是，我不是要送她男人吸的那种烟草，而是外表像烟里面却是糖果的东西。”达林笑着解释。

“那我们赶快写封信，天黑前送去！”说故事的女孩说。

我们为了写信，将会场移往谷仓，由说故事的女孩主笔。

“怎么开头呢？说‘亲爱的保恩小姐’，太恶心了！”

“也不知道她是不是保恩小姐。她去过波士顿，有人说她在那里结过婚，后来被抛弃，精神受了很大的刺激。如果结过婚，就不能称她小姐了！”菲莉思蒂说。

“那该怎么称呼才好呢？”说故事的女孩绝望地说。

彼得再度提出实际忠告，伸出援助之手：“从‘敬爱的夫人’开始，学校老师写给洁恩姑妈的信，都是这么开头的！”

说故事的女孩开始写信——

敬爱的夫人：

我们想拜托您一件很重要的事，请您拨冗阅读此信。我们心爱的猫巴弟得了重病，不知道会不会死。它是只善良的猫，一点儿不良习性也没有，我们都非常疼爱它，不知道您愿不愿意救它？

当然，您踩到它的尾巴时，它跳起来转过头扑向了您。但您是知道的，猫受不了尾巴被踩，那不仅是最敏感的部位，也是最脆弱的部位，它的举动只是为了保护自己，并没有恶意。

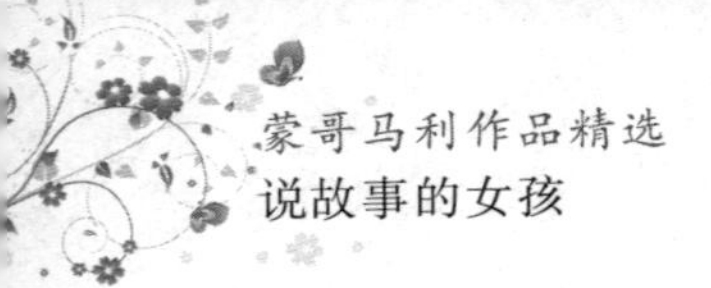

如果您愿意救巴弟，我们永远都不会忘记您的恩惠，虽然这些都是不值钱的东西，但代表我们对您的尊敬与感谢，请您务必收下！由衷感谢您的仁慈！

焦急的小孩
雪拉·斯大林

“这真是篇好文章，尤其是最后一段！”彼得惊叹道。

“不是我的作品，是从书上看来的。”说故事的女孩坦白地说。

“会不会太深奥？贝克看得懂吗？”菲莉思蒂批评道。

最后决定，我们每人都在信纸上签名。

接着，我们往魔女家进发，雪拉·雷恩不愿前往，留下来照顾巴弟。我们认为没必要将这件事告诉大人，大人也许会阻止我们这么做，而且一定会嘲笑我们。

走最近的小道到贝克家，大约一英里路。当我们登上小山丘，越过小木桥，到达浓绿森林的树荫中时，又畏缩了起来。但没有人承认，谁也不敢说话，接近魔女家时，话愈少愈好。

终于，我们走到了直通她家的小径。大家脸色苍白，心脏如时钟敲打，九月红红的太阳藏在西方针枞林间，对我们而言，不像真太阳，而是令人不舒服的东西。每个人都在祈祷，但愿平安无事。

急弯的小径后面就是贝克家前面的小空地。虽然恐怖，我们却也满心好奇。那是一栋小建筑物，伫立于杂草中，令我们奇怪的是，应该位于一楼的入口，却怎么也找不到，只见一扇门在二楼由一个踏板阶梯与地面相通，周围没有生物气息——只有一只卧在阶梯旁，看起来不太吉利的大黑猫。我们想起了罗佳伯父的话，难道那只黑猫就是贝克吗——不是开玩笑，那只猫看起来不像普通的猫，又黑又大，还有邪恶的绿色眼睛，那只畜生明显不是一般的动物。

沉默中，说故事的女孩将礼物堆在楼梯的最下方，将信置于礼物上。她褐色的指头颤抖着，脸也发青了。

突然，头上的门打开了，出现了贝克·保恩的身影。身材高挑的老婆婆，穿着及膝短裙，戴着男人帽子，脚、手、脖子都露在外面，口中衔着陶制烟斗，褐色脸上有上百条皱纹，白发散乱地垂在肩上，不但颜面恐怖，连黑眼睛也没有一丝亲切感。

这时的我们，陷入了完全恐慌的状态。彼得小声发出了尖叫声，说时迟那时快，我们一伙人立刻转身就跑，往森林直冲。我们相信贝克一定会追来，像捕抓动物般突袭我们，这经历真像梦境记录中的噩梦。

说故事的女孩跑在我前面，我到现在还记得她茶红色的头发往后飘着，越过矮松时那美丽的跳跃动作。后面的雪莉没命似的乱叫一通：“伯利，伯利，等一等！”“伯利，伯利，快点！快点啊！”

本能使我们一群人盲目地冲出森林出口，不久便到达了小河前的原野。沉着的小牛们在草地上自在地吃草，我们都笑了，

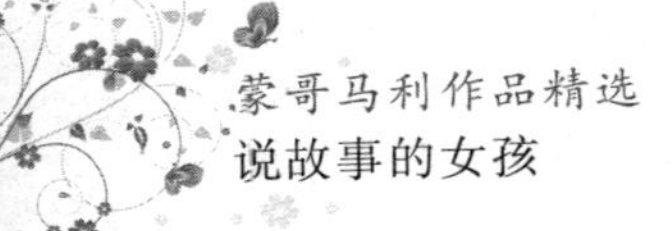

充满了没被贝克·保恩抓到的喜悦。

“哇！真恐怖！我再也不去那种地方了，即使为了巴弟也不去！”雪莉要断气似的说道。

“我们怎么能跑成这个样子？这样不是让她知道我们怕她吗？那她怎么会救巴弟呢？”菲莉思蒂不高兴地说。

“现在只有听天由命了！”说故事的女孩说。

当晚，奥莉比亚姑妈允许说故事的女孩彻夜照顾巴弟，奥莉比亚姑妈真是个好人。我们也想陪说故事的女孩，加妮特伯母不准，命令我们上床睡觉。她不知道，我们五个小孩那晚是带着破碎的心上的阿雷克伯父家的楼梯。

“现在我们只有祈祷巴弟平安了！”雪莉说。

“为猫祈祷，好吗？”菲莉思蒂想了想说道。

“为什么不好呢？巴弟和我们一样，也是上帝制造的啊！我一定要尽力为巴弟祈祷！”

那晚，不仅雪莉，我们全都不停地为巴弟祈祷。菲利克怕上帝听不见，总是大声祈祷，我可以很清楚地听见他的声音：“上帝啊！请让巴弟天亮就好起来！拜托！”

第二天睡醒，我们往罗佳伯父家跑，途中遇见了彼得和说故事的女孩，他们的脸庞充满了喜悦。

“巴弟好了！昨晚十二点，它开始舔脚，然后蜷起身体睡觉。我也在沙发上睡觉了，一觉醒来，巴弟正在洗脸，又喝下了一杯牛奶。你们看，太好了！”说故事的女孩兴奋得又笑又叫。

“我说吧！贝克·保恩对它施咒，现在，诅咒解除了啊！”彼得说。

“与其说是贝克为巴弟解咒，我倒认为还不如说是雪莉的祈祷发挥了功效。雪莉为了巴弟拼命祈祷，所以巴弟才会好起来。”菲莉思蒂说。

“治好巴弟的到底是祈祷，还是贝克呢？”菲利克疑惑地自言自语。

“我想两者都不是，巴弟只不过生了小病，自动痊愈了。”达林说。

“我相信是祈祷的功效，是上帝治好巴弟的！”雪莉坚定地说。

“不能说你想相信什么就相信什么啊！得看事实究竟如何！”彼得反驳道。

这时候，信仰、迷信与疑惑存在于我们幼小的心灵深处。

第二十五章

新游戏

一个温暖的星期日傍晚，我们小孩子和大人们一起聚集在果树园，坐在说教石边唱着美丽的福音圣歌，只有可怜的雪拉·雷恩，一句也不会唱，绝望地表示不知道能不能上天国。

回忆中，那情景很鲜明地浮现在眼前……阿雷克伯父聪慧的蓝色瞳孔、加妮特伯母健康沉着的脸、罗佳伯父红嘟嘟的脸庞、奥莉比亚姑妈动人的美丽，一切都浮现在眼前。

回想起那时候卡拉尔流行一句话:“金克家流着歌手的血液。”每个人都会唱歌，而且爱唱歌，茱莉亚姑妈甚至成为了著名的歌手。

黄昏时刻，大人们开始诉说年轻时的往事，这正是我们小孩最爱听的——大人们也曾有过顽皮的童年。罗佳伯父告诉了我们爱德华伯父的故事，爱德华伯父八岁在说教石上说教的故事，也刺激了说故事的女孩的想象力。

“现在不也好像看见了他的样子吗？”罗佳伯父眼睛一亮说道。

“他在那旧石上，双颊发红，眼睛兴奋得闪闪发光，还模仿教会牧师敲打石头，石头可和桌子不一样啊！由于过度狂热，手都敲伤了。我们最喜欢听他说教，阿雷克，你还记得吗？爱德华曾以歌唱对茱莉亚表示爱意，她到底有没有生气呢？”

“我怎么会不记得？那时茱莉亚就坐在雪莉的位置上。她立刻站起来跑出果树园，到了门口又突然停下脚步，转身悻悻然地说：‘爱德华·金克，在你提到我之前，请仔细思考思考，没听过像你这种自大自傲的说教！’

“爱德华还是继续说教，只是到了最后祈祷时，附加了一段话：‘上帝啊！请照顾我，但请特别照顾茱莉亚，我想她比其他兄弟姐妹更需要照顾，阿门！’”

伯父们想起往事都大笑了起来，我们小孩也笑了。

爱德华伯父沉醉之余，还因失去平衡而从“说教坛”上摔了下来，倒在了草地上。

“他跌下来后，虽然眼泪直流，还是坚强地再次爬上了说教坛，完成了最后十分钟的说教，然后才大抽大噎地哭起来。难怪他会成功！

“我们都已经走过了一段漫长的人生，爱德华也上了年纪。但每次回忆起来，总会出现他那红脸颊、鬈发，以及在说教石上说教的姿态。唉！记得才和这些小孩一般年纪，竟在不知不觉中老了。茱莉亚去了加利福尼亚，爱德华去了哈利法克斯，阿兰去了南美，而菲利克、菲莉思蒂和史帝芬都到更遥远的国度了。”阿雷克伯父说。

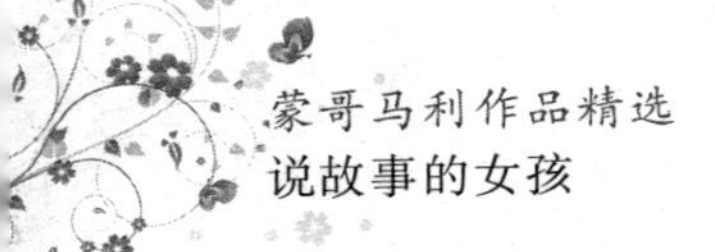

天上出现了一两颗星星，大人们起身离去，我们还流连忘返。梦境记录已经不再吸引我们，那好像是很久以前的游戏了。

“我想到一个不错的计划，这是伯父讲的爱德华伯父的故事给我的灵感。这个游戏可以在星期天玩，平常星期天我们几乎什么也不能玩，但这很像基督教徒的游戏，一定没问题！”说故事的女孩提议。

“那不是像上次的宗教性水果篮游戏吗？”雪莉说。

那是一个无聊的星期日午后，菲利克说想玩水果篮游戏，也就是将水果名字用《圣经》上的人名代替，这样便可以在星期日玩。一个钟头里，果树园充满了拉萨尔、马耳他、蒙歇、安罗以及其他各式各样《圣经》上的人名。彼得的名字很像《圣经》上的人名（贝特），他不想用其他名字，但我们不准许，彼得报复性地选了一个爱比卡特纳萨尔的名字，我们没有一个人能正确地念出来，大家还为此争吵了一番！

“不是，不是那种游戏。你们听我说，每个男孩子轮流说教，就像以前爱德华舅舅那样，每星期由不同的人担任，说得最好的有奖！”

达林立刻说自己根本不想说教，但彼得、菲利克和我都觉得这个主意挺不错的。如此一来，自己也可以和牧师一样有机会站在台上说教了，真棒！

“谁出奖品呢？”菲利克问。

“我！我将上星期父亲送我的画当奖品。”说故事的女孩说。

说故事的女孩所说的画是兰特西亚（一八〇二至一八七三

年，英国动物画家）所画的母鹿，我和菲利克感到相当满意；但彼得表示想要和“洁恩姑妈”很像的圣母像，说故事的女孩同意了，如果他说得最好，便送他那张画像。

“可是，谁当评审呢？”我问。

“什么才是最好的说教呢？”菲利克问。

“我们女孩子担任评审，最能打动人心的说教得第一名。那么，下星期日谁先开始？”说故事的女孩说。

最后决定由我担任先驱。那天晚上，我为了下周日该用什么教材想了一个多小时，第二天便向老师买了两张稿纸，下午茶后立刻到谷仓关起门埋首在说教稿中。好像没想象中那么容易，我还是尽可能地绞尽脑汁，连续两晚认真地引经据典，并且引用圣歌。除了理性教义，还须兼具感性，于是我也描述了上帝拯救那些膜拜木头、石头的愚昧人们的故事。最后还得引导大家唱圣歌，并在敲说教坛适当的位置加上红记号，写上“咚”。

草稿完成，接下来必须背诵，反复练习到没有瑕疵为止，我在谷仓面对巴弟练习了无数次。巴弟倒是个很有耐心的听众，除了发现老鼠时，它始终趴在桶子上听我演说。

下周日下午，我们手持《圣经》和赞美歌集往果树园进发。我们认为没必要向大人报告，不管这是什么游戏，他们或许都会反对，还是不说较好。

我意气风发地上了说教坛，听众认真地坐在面前的草坪上。开会仪式为唱歌和朗读，祈祷省略了，但有捐款一项。款项送

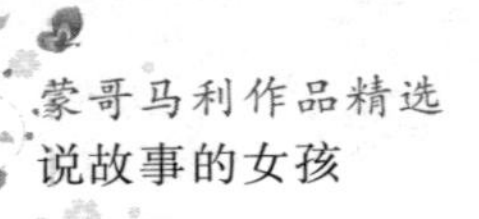

交传道会，达林捧着捐款箱——菲莉思蒂蔷薇花瓣模样的器皿，异常认真地走过每个人面前，大家纷纷捐出一分钱。

我开始说教，但不到半途就发觉这是件单调得恐怖的事情，尽管我没忘记任何一处的“咚”。看起来听众相当无聊，走下台后，我暗自觉得自己的说教很失败，心想一定是菲利克得奖。

“真是太棒了，就像真的说教一样！”说故事的女孩说。

她那具有魔力的声音，瞬间让我感到说得还不错，但也不能否认，那只是客套话罢了。

“每句话都像真的！”雪莉说。

“感觉很好，我们对未开发国家人民的事从未认真思考过，以后得多花些心思才行！”菲莉思蒂说。

雪拉·雷恩给我的屈辱感最后一击：“非常好，但太短了！”

“我的说教有什么地方不妥吗？”那天晚上我问达林，他既不是裁判也不是竞争对手，应该会告诉我。

“太严肃了，没什么趣味。”达林正直地说。

“我认为严肃一点儿比较好！”

“如果要扣人心弦就不同了，一定得加入些奇怪的东西，下次彼得说教便会如此！”达林认真地说。

“彼得？他打好草稿了吗？”

“还没，只是我这么认为罢了！”

达林既非预言者，也非预言者之子。但这次他有千里眼透视功能，彼得的说教真的扣人心弦。

第二十六章

彼得说教

接下来轮到彼得说教。他没打草稿，彼得表示没那个必要，也不打算使用圣句。

“你听过不用圣句的说教吗？”菲利克问。

“又不是看圣句的使用如何决定胜负的，我还要附上题目。你不是一个题目也没有吗？”彼得胸有成竹地说。

“阿雷克伯父说过，爱德华伯父表示题目是过时的东西。”我以吵架的姿态和他说话，我也觉得说教应该加上题目，但为时已晚。

“管他过不过时，反正这是我的做法。洁恩姑妈说过，有题目才不会离题太远。”

“你打算说什么？”菲利克问。

“下星期日就知道了啊！”彼得深沉地说。

下星期进入了十月份，但气候暖和得像六月。我们坐在说教石旁等待彼得和雪拉·雷恩。今天是彼得的休假日，他昨晚

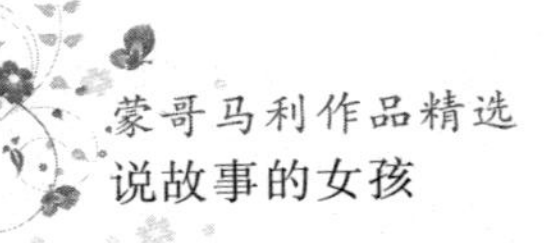

回家看母亲，答应今天会赶上说教的时间。他终于来了，穿着衬衫，很庄重的打扮。

由于久等雪拉·雷恩不来，我们决定开始进行彼得的说教。

他就像与生俱来一直从事这份工作般沉着，读《圣经》、唱圣歌，就连马特牧师也无法像彼得一样叙述得那么引人注意。

“除了第四节，请各位将圣歌从头唱到尾。”彼得说。

我开始认为，彼得是真正的竞争对手。

准备完毕，彼得突然双手插入口袋，一段普通会话后，才真正进入说教。在场没有速记者，如果有必要，我想我能够一字一句地重复一次，毋庸置疑，在场人员一定都办得到。

“亲爱的兄弟姐妹们，接下来我要说的是，讨厌的场所——地狱。”

听众均如触电般为之愕然，但彼得的说教的确深深地打动人心。

“说教分为三个题目。”彼得继续说。

“第一个题目是，如果不想去讨厌的场所，必须怎么做；第二个题目是，讨厌的场所是什么样的地方。”听众相互窃窃私语。

“第三个题目是，避免去那里的方法。”

“好……第一点，我们有许多事不能做，这是各位不可不知的重要事项，首要之道，就是必须听大人的话——当然是指好的大人，绝不可忘记。”

“但如何分辨谁是好的大人呢？”忘记身在教会中的菲利克突然问道。

“这很简单，只要注意就可以看出好人和坏人了！接下来是，不可以说谎，不可以杀人，特别应该注意不可以杀人，杀人比说谎更不可饶恕，千万不可渡上这座危险的桥；再来不能自杀，自杀后就无法挽救了；然后是不能忘记祈祷，不能和妹妹吵架。”

这时候，菲莉思蒂故意以手肘碰达林，达林也立刻回击，叫道：“不要对我说教，彼得！我无法忍受你了，我不会因你的话而改变的，你想怎么样？”

“谁在说你？我又没指名道姓，牧师在说教坛上可以随心所欲地说教，只要不说出姓名，就没有人可以反驳啊！”

“我知道了，明天你们等着瞧！”在少女们的沉默中，达林后退着喃喃说道。

“星期天不可以玩游戏！”彼得继续说教。

“也就是平常玩的游戏都不能玩！不可以在教会说悄悄话，不可以笑。我曾犯过一次错，但立刻就后悔了。还有，不可以在家里为猫——也就是为畜生祈祷。不可以口出恶言。不可以愁眉苦脸。”

“阿门！”经常看到菲莉思蒂愁眉苦脸的菲利克念道。

彼得瞪了菲利克一眼，说：“说教时不可以乱出声！”

“马克汀的美以美教会就可以。”菲利克有点儿羞怯地说。

“我也听说过。”

“我知道，但他们是美以美派，虽然洁恩姑妈也是美以美派，但在审判日那天，你已经决定加入长老派了，不是吗？”

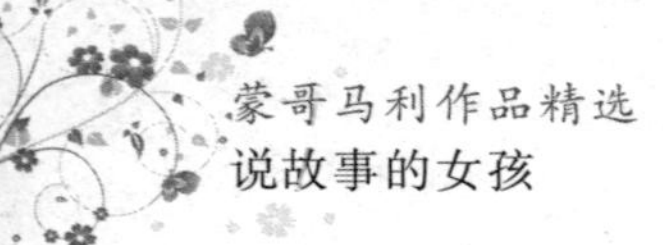

“当然！”

“好！那就得跟从长老派的作风！”

“等一等！大家都不能再开口了，否则怎么评审呢？伯利说教时，不是都没人打岔吗？”说故事的女孩斥责道。

“伯利没像他那样指桑骂槐啊！”达林反驳道。

“不可以吵架，不可以口出恶言，不可以显出恶态，不可以喝醉——当然，是指大人。除此之外还有很多不可以做的事，今天叙述的是最重要的部分。我并不是说做了这些事就一定会下地狱，但也许会有不良后果，恶魔总是对做这些事的人虎视眈眈，想尽办法抓他们，以上就是说教的第一个题目。”

此时，雪拉·雷恩上气不接下气地到达会场，彼得不悦地望了望她：“雪拉，你迟到了，没听到我所说的题目一。由于你也是评审之一，为了公平起见，我再从头说一次，大家认为如何？”

“说一次就发生那么多事，我待会儿告诉雪拉·雷恩好了！”说故事的女孩说。

“哇！这次又是谁在说话？”达林讽刺地说。

“好，不说，上个月一位史考特牧师说教进行了一半多，一个男人走进来后，他便停止说教，直到那个人坐定后才说道：‘朋友，这个礼拜你迟到了很久，但愿你上天国不要迟到。我想在座的各位应该不会反对我为这位朋友再重复刚刚说的话。’于是，史考特先生便从头说起，那个迟到的男人再也不敢迟到了。”

“那个人真伟大啊！”达林说。

“好了，安静！让彼得继续说教。”雪莉说。

彼得耸耸肩，双手扶住说教坛边缘。他没敲过台面，但我注意到，他的站法更能吸引听众的视线。

“接下来是题目二：讨厌的场所是什么样的地方。”

他开始描述那个讨厌的场所。后来我们发现，他的资料取自洁恩姑妈的获得学校优等奖的译本——但丁的《地狱篇》。当时我们都以为他引用自《圣经》，自从我们所谓的“最后审判日”以来，彼得便不间断地阅读《圣经》，我们当中就他读得最深入。所以，我们认为彼得已经读到世界毁灭的模样了，加上他表情生动，听众莫不毛骨悚然。

突然，雪拉·雷恩发出了尖叫声，尖叫声又变成了异常的笑声。我们每个人，包含说教的彼得都惊讶地盯着她，雪莉和菲莉思蒂跳起来抓住她。我们第一次见到雪拉·雷恩歇斯底里的样子，她又叫、又喊、又笑，呈现出了非本人面目的疯狂状态。

“真的发狂了！”彼得也急忙从说教坛走下来。

“你把她吓疯了！”菲莉思蒂一脸怒气地指责道。

她和雪莉挽着雪拉的两手，边拉边拖地走出果树园，剩下的人交换着胆怯的视线。

“彼得，你好像太过分了！”说故事的女孩沉稳地说。

“你不是没被吓到吗？如果她能等我说到第三个题目，就能知道怎么上天国了！唉！女孩子就是这么沉不住气！”彼得苦

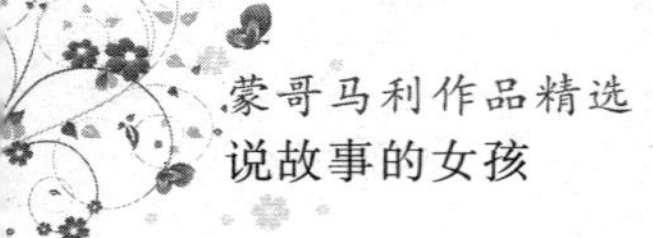

涩地说。

“那孩子不知道会不会被送进收容所？”达林喃喃说道。

“嘘！你父亲来了！”菲利克表示。

阿雷克伯父走进了果树园。我从没见过阿雷克伯父这么生气，无疑地，他今天是真的发火了，那蓝眼睛燃烧着熊熊怒火，瞪着我们说道：“你们怎么将雪拉·雷恩吓成那个样子？”

“我们只是在练习说教，彼得在说明讨厌场所的情形才把雪拉吓到的，阿雷克伯父，只是如此而已！”说故事的女孩颤抖着声音解释道。

“只是这样？那神经质又敏感的孩子也许会出事啊！为什么你们不能安静下来呢？星期天竟然还将神圣的东西当游戏玩，真是大胆！好了！什么都不要说了！”此时说故事的女孩正想开口。

“你和彼得立刻回家，今后无论星期天还是其他日子，要是再让我发现这种事，就要重罚你们了！”

说故事的女孩和彼得颓唐地回家，我们跟在后面。

“大人根本不理解，爱德华伯父说教就可以，我们做同样的事情却被说成‘拿神圣东西当游戏玩’。我曾听阿雷克伯父说过，小时候听牧师说世界末日之事时，吓得差点儿没命，为什么彼得说教就不行？”菲利克绝望地说。

“大人不理解，我们也没办法，我们没当过大人，可是大人当过小孩，我们也找不出大人不理解我们的理由。我倒是不为阿雷克舅舅骂我们而伤心，我只担心雪拉会不会被送到收容

所。”说故事的女孩说。

“可怜的雪拉”第二天早上便恢复平静。她请求彼得原谅她打断了说教，彼得不高兴地接受了道歉，我想他不是真心原谅她的。菲利克也恨她，因为她，他丧失了说教的机会。

“如此一来，谁是第一名就看出来了，没有像彼得那么扣人心弦的了。可是我连机会都没有，都是那个爱哭鬼，才使事情变成这个地步！雪莉和雪拉一样害怕啊，可是雪莉就比较懂事，不会那么嚷嚷！”菲利克抱怨道。

“但雪拉·雷恩无法忍受！怎么搞的？最近似乎运气不太好。我今天早上想到一个新游戏，不知道该不该说出来，我怕那又是个不好的游戏。”说故事的女孩显得有点儿沮丧。

“拜托！说出来嘛！是什么游戏？”我们一起请求。

“就是比赛耐力，能吃下苦涩的苹果，脸不皱一下的人赢。”

“谁能做到啊？”达林早已皱起了眉头。

“这么说，你是不战而退了？”菲莉思蒂故意咯咯地笑了起来。

“哼！你做得到？那你美丽的脸蛋不就泡汤了吗？多恐怖啊！还不如死了算了！”达林讽刺道。

“菲莉思蒂不是时常皱眉头吗？”今天早餐时，被菲莉思蒂弄得不高兴的菲利克说。

“我想菲利克一定很喜欢苦涩的苹果，那能减肥！”菲莉思蒂说。

“那我们一起去咬苦苹果吧！”眼见菲利克、菲莉思蒂和达林为苦苹果争吵，雪莉赶紧说道。

我们来到苹果树旁，一人一颗苹果，依序一人咬一口——规则是不能皱眉头，否则淘汰，结果由彼得赢得胜利，为此，菲莉思蒂对他的评价提高了五成。

“彼得真是了不起！”她对我说。

不管赢或输，至少这是个令人愉快的游戏。每天傍晚，在果树园都可以听见我们响亮的笑声。

“真是一群天真的小孩，不论发生什么事，都能很快从颓丧中振作！”正在运送牛奶的阿雷克伯父喃喃说道。

第二十七章

决斗

我真不明白，为什么菲利克对于彼得吃苦苹果比赛成功的事这么闷闷不乐，如果不是因为他的说教使人痛恨，彼得能不皱眉头吃苦苹果这件事应该能为他带来喝彩。另一方面，因为彼得连续赢得宝座，菲利克显得闷闷不乐，这件事日夜困扰着菲利克，我后来听见他说梦话，原来是为了减肥而烦恼。

菲利克一直祈祷能够不皱眉头地吃下苦苹果，经过连续三个晚上热心地祈祷，终于不皱眉头地吞下了好几口苦涩的苹果。

“再祈祷一两次，我就能吃下一个大苹果了！”他欢天喜地地说。

他始终没能如愿，始终无法征服最后一口苦苹果，即使坚持信仰与努力也无效。过了不久，从雪莉口中得知彼得不停祈祷时，菲利克终于知道答案了。“彼得偷偷告诉菲莉思蒂，他一直祈祷不让你不皱眉头地吃下苦苹果，菲莉思蒂是在无意间说

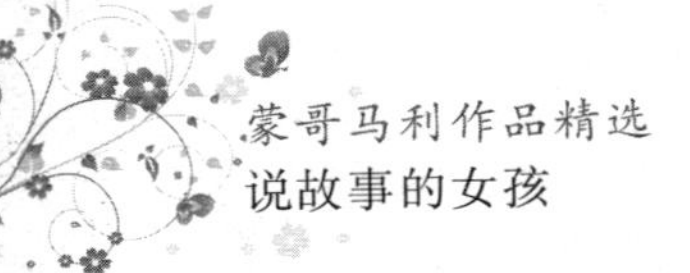

出来的，我觉得不告诉你显然不公平。”

菲利克不但愤慨，更感到伤心。“为什么上帝只听彼得的祈祷，却不听我的呢？我一直上教会和主日学校，可彼得在今夏之前从没上过教会，真不公平！”

“菲利克，千万别这么说，我想上帝一定是公平的。你知道吗？彼得一天祈祷三次，早上、中午、晚上，从未缺席过。除此之外，只要随时想到，就立刻立正祈祷，你听说过吗？”雪莉安慰道。

“不管怎么说，我一定要阻止他祈祷我输。我受不了了！我这就去告诉他！”菲利克毅然决然地说。

菲利克立刻往罗佳伯父家进发，我们无法阻止，只好跟在后面。彼得正在谷仓挑豆子，完全解除了心理装备，兴奋地吹着口哨。

“彼得，我有话对你说。听说你一直努力祈祷我无法吃下苦苹果？”菲利克开门见山地问。

“胡说！我哪有祈祷你无法吃下苦苹果？我只是祈祷让我一个人成功罢了！”彼得反驳道。

“是吗？那不是一样？你故意祈祷我做不到，我要你立刻停止！彼得·克雷格！”菲利克反击道。

“哼！我才不停止呢！我和你一样，有权利祈祷自己想祈祷的事！菲利克·金克，你别以为你是都市小孩就可以欺侮人，你没办法左右我的！”彼得生气地说。

“好！如果你一直祈祷我输，我接受你的挑战！”

少女们都屏息静观，达林和我则对这场战争挺有兴趣的。

“好啊！随时候教！我是祈祷高手，打架可也不输人啊！”彼得挑衅地说。

“不可以，不可以打架，用其他方法解决吧！我们停止吃苹果比赛好了，那根本一点儿乐趣也没有嘛！犯不着为那件事打架啊！”雪莉哀求道。

“怎么可以停止吃苹果比赛？”菲利克问道。

“那也可以用打架以外的方法解决啊！”

“我不想打架，想打架的是菲利克。如果他不阻止我祈祷，根本不用打架；如果想阻止，就没有其他解决办法了！”

“为了祈祷这种宗教事情打架，多恐怖啊！”雪拉叹息道。

“古时候不是发生过不少宗教战争吗？”菲利克说。

“人都有祈祷的权利，如果这项权利被剥夺的话，就只好战争了！”

“如果听到你们打架的事，不知道马特老师会怎么说？”菲莉思蒂问。

马特是菲利克主日学校的老师，菲利克真的非常仰慕他，但这时他什么也听不进去了。

“怎么说我都不在乎！”菲利克再度追击。

“和彼得打架的话，你一定体无完肤。你太胖了，不利于打架！”

被这么一激，就算再怎么有道德，都无法使菲利克打消打架的念头了。

这次换雪莉压迫彼得：“你想想看，如果你的洁恩姑妈听到

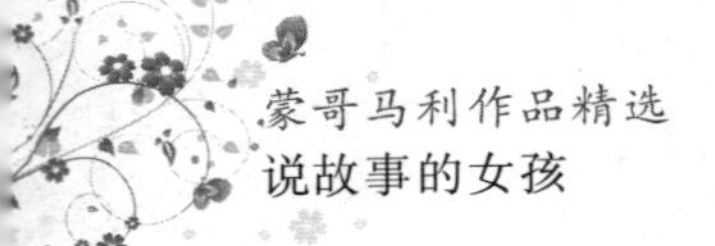

你打架的事，她会怎么说？”

“别扯到我的洁恩姑妈好不好？”

“你不是说已经加入长老派了吗？了不起的长老派教徒是不能打架的！”雪莉想尽力化解纠纷。

“呸！是吗？我曾听罗佳伯父说，长老派是世界上最会争吵的一群，还是说最过分的一群，我忘了，但不管怎么说，意思不都一样吗？”

雪莉的忍耐也是有限度的，于是说：“彼得先生，你不是曾对我们说教，说人不可以打架吗？”

“我是说不能恶作剧或勃然大怒地打架。这家伙不同，我知道自己为了什么而打架！”

“你想说自己为了正义而打架吧？”我说。

“嗯，是的！为正义而战是正确的！”

“唉！你为什么不阻止那两个人打架呢？”雪莉转头请求说故事的女孩，说故事的女孩坐在大箱子上很悠闲地摇晃双脚。

“最好不要插手男孩子间的事！”说故事的女孩一副了悟的模样说道。

战斗决定在罗佳伯父谷仓中的针枞林举行，那是人烟稀少的地方，能够避免大人突如其来的打扰。日暮时分，我们往那儿进发。

“最好是菲利克获胜，不只是为了家族的名誉。彼得的祈祷实在太过分了，你想菲利克会赢吗？”说故事的女孩问我。

“这个嘛！”我含糊地笑了笑，“菲利克太胖了，但他有经

验，在多伦多曾打过架。彼得是第一次打架吧？”

“你打过架吗？”

“打过一次！”

“谁赢？”

这时候要说出真话还蛮困难的，尤其是对年轻女性，但我没被虚荣心击倒，我想起了“审判的星期日”所下的决心。

“对方。”我正直地坦白道。

“那一定是正大光明而且了不起的战争，这种战争哪一方获胜都一样。”她柔美的声音让我感到自己像个英雄。

我们到达决战地点时，大家已经等在那儿了。雪莉显得很苍白，菲利克和彼得脱下了上衣。黄昏的针枞林一片辉煌，秋风吹动谷仓一端的枫树，如血的枫叶一片片地飘了下来。

“好！开始吧！我数到三就动手，打到一方投降为止。”达林说。

彼得和菲利克开始“决斗”，彼得的眼睛四周被击得黑青一片，菲利克也开始流鼻血，雪莉尖叫着跑出森林，我们认为她是受不了这种血腥场面而逃的，其实另有其事。

菲利克和彼得第一回合结束再开战时，正好阿雷克伯父绕过谷仓，雪莉急忙跟了过去。

他并没生气，眼睛浮现出奇妙的神情，只是拉起斗士的衣领将两人拉开：“好了，到此为止，孩子们。你们应该知道，我是不许你们打架的。”

“可是，阿雷克伯父，这件事彼得……”菲利克拼命想解释。

“我什么也不想听，不管什么事，总有打架之外的解决方法，记住我的话，菲利克！彼得，罗佳要你去帮忙洗马车！快去！”

彼得气嘟嘟地离开，菲利克也翘着嘴巴坐下来抚摸鼻子。

阿雷克伯父离开后，雪莉被指责了一番，达林骂雪莉是胆小鬼、爱告状，引发了雪莉的泪水。

“可是，我怎么能看着菲利克和彼得两人打得死去活来的呢？你们都是好朋友，为什么要这样？”她啜泣地说。

“要是罗佳舅舅就不会阻止！”说故事的女孩以不满的语气说，“罗佳舅舅认为男孩子只要是为了自认为有价值的事打架就没关系，像菲利克和彼得这样不了了之，以后还是不能恢复友谊，又有什么用呢？除非菲莉思蒂说服彼得不再祈祷菲利克输。”

“我才不介入这种麻烦事呢！”菲莉思蒂傲然地说。

“祈祷对打架一事根本毫无作用。”达林不屑地说。

“达林，你是不相信祈祷有用？”雪莉瞪大眼睛地问。

“祈祷当然有用，但这件事另当别论！上帝怎么会在乎你是不是能够吃下苦涩的苹果呢？”

“真不敢相信，你好像很了解上帝哦！”菲莉思蒂认为这是讽刺达林的好机会。

“彼得祈祷并没有错，只不过，他不应该进行利己的祈祷。”说故事的女孩说。

“哇！我懂了！我们可以祈祷自己赢，不可自私地祈祷他人

输！”雪莉高兴地说。

“奥莉比亚阿姨收到了朋友诺布·斯克西亚的来信，今天要住在休贝纳卡狄。当我表示诺布·斯克西亚这个名字很奇怪时，奥莉比亚阿姨便拿剪贴簿给我看，她说可以从中发现名字的由来，你们想听吗？”说故事的女孩说。

当然想听了！我们聚集在针枞林周围，鼻子痊愈的菲利克也走了过来，他不想看雪莉，然而其他人都原谅了雪莉。

很久很久以前，印第安一个部落分布在诺布·斯克西亚边的河堤上，有位年轻战士，名叫阿卡狄，是位勇敢的美少年……

“为什么故事中出现的都是美少年呢？”达林问。

“难看的人不太适合当故事主角啊！”菲莉思蒂说。

“是啊！现实生活中当然各式各样的人都有，但故事的话，还是以美女、美少年比较吸引人。我最喜欢看美女的故事！”雪莉说。

“美丽的人多半有点儿自傲。”沉默的菲利克终于开口说话了。

“如果想让我说故事的话，就不要插嘴！”说故事的女孩抗议道。

我们当然想听故事啊！于是说好不打岔。

阿卡狄就像我刚刚说过的那样，是部落的一位猎人。他的

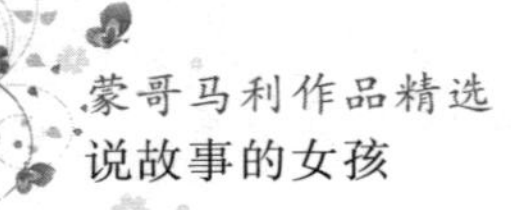

箭从没失误过，不知射下过几只雪白的大鹿，将美丽的毛皮送给了恋人。恋人名叫休贝，如海中上升的明月般美丽，如夏日黄昏般温柔，黑眼珠子令人沈醉，声音更如和风，像小溪般轻轻流过。

阿卡狄与休贝彼此倾心，经常手牵手一起去打猎。在阿卡狄的教导下，休贝也略懂射箭技巧，二人立下了山盟海誓。

一天黄昏，阿卡狄又到森林打猎，发现了一头大鹿。于是他身披鹿皮伪装自己，想借此亲近大鹿，结果发觉如此在森林中跳跃奔跑非常愉快，便乐得忘记了打猎，而悠游于白鹿的自在生活中。

休贝从远方看见有只大鹿又跳又跑，心想一定是只美丽的大鹿，于是蹑手蹑脚地向大鹿靠近，当时机成熟，休贝举起了弓箭——

啊！她技术太好了——正中目标，就在这一瞬间，阿卡狄心脏正中恋人的箭，倒下死去了。

“休贝知道自己杀死阿卡狄后怎么做的？”菲莉思蒂问。

“她的心碎了，跟着也在来春之前死去了。休贝与阿卡狄合葬在河堤附近，从此，大家就称那条河为休贝阿卡狄。”

刺骨的寒风使雪莉瑟瑟发抖。我们听见加妮特伯母的呼唤声，于是起身回家。

“如果出生在印第安，每天打猎多愉快！”达林说。

“要是被捉去接受严刑拷问，可就不愉快了！”菲莉思蒂说。

“你们不冷吗？”颤抖的雪莉说道，“冬天快来了，要是夏天永远不要过完多好！菲莉思蒂喜欢冬天，说故事的女孩也是，我却总觉得冬天好长，希望春天快点儿来。”

“我们不是度过精彩的夏季了吗？”我挽着她的手安慰地说。

是的，那逝去的夏季永远在我们心头。

“就算是上帝，也无法抹杀过去的一切！”

那笑声，那欢喜，那魅力，永远是我们的财产，然而我们多少也体味到了岁月流逝的悲哀。

第二十八章

彩虹桥

我记得，菲利克始终没赢得耐力比赛。

十月，是农场忙碌的月份，也就是苹果采收期。不用说，我们这些小孩当然得帮忙，这是愉快又有趣的工作。

男孩子们爬上苹果树，女孩子则在下面发出一阵阵的尖叫：“拜托不要再摇了！”从苹果树往下看，世界在一片蓝色秋空下，我们可以享受一顿奢侈的色彩飨宴。枫叶如血般落在黑色针叶树上，说故事的女孩最喜欢用枫叶编头圈戴在头顶上，感觉挺不错的；菲莉思蒂和雪莉就不太合适了，她们两人与大自然的野性不相合，属于贤妻良母型。

彼得和我们工作几星期后的一夜，由于头痛与喉咙痛，躺在奥莉比亚姑妈家厨房的沙发上。菲利克硬说他是装病：“算了，他那种人还会生病吗？”

“菲利克，你是说彼得偷懒？彼得虽然有缺点，却是个好孩子。”菲莉思蒂说。

“罗佳舅舅也说彼得的父亲并不是所谓的懒虫，只不过他更喜欢工作以外的其他事情。”说故事的女孩说。

“要不要回家？如果父亲也像彼得的父亲那样抛弃我们怎么办？”雪莉说。

“我们父亲是金克家的人，又不是克雷格家的人。金克家族不会做出那种事！”菲莉思蒂高傲地说。

“不管谁家都有一头黑羊！”说故事的女孩说。

“我们之中没有一个人是黑羊。”雪莉不高兴地说。

“为什么白羊吃得比黑羊多？”菲利克问。

“这是问题吗？如果是，我们还是不要去想它，根本就是没有答案的问题嘛！”雪莉说。

“不是没有答案，而是有个了不起的原因呢！”我们坐在草地上认真想答案。

“到底是为什么？”菲莉思蒂问。

“因为白羊比黑羊多啊！”说着，菲利克咯咯地笑了起来。

我已经不记得当时大家是以什么样的眼光看菲利克的！

下午，风雨来袭，我们停止摘苹果。雨停后，天空出现了壮丽的彩虹，说故事的女孩又想起了奥莉比亚姑妈剪贴簿上的故事。

很久很久以前，人与神见面并不稀奇，那时奥汀会到各国游走。奥汀是北欧一位伟大的神，只要奥汀与人民接触，便教人类爱与体贴的技巧。只要是他所到之处，便会产生一

座大城市，用以纪念这位伟大的神，更有许多善男信女抛弃世俗的财富与野心跟随奥汀。奥汀赐予这些人永恒的生命，使他们成为善良、高贵、无私无欲、情深的一群人。其中，最善良高贵的要算布恩这位年轻人了，他总是走在奥汀的右手边，奥汀的微笑最初照耀到的就是布恩。布恩如松树般挺立，头发如阳光下的小麦般灿烂，蓝色瞳孔更如星子降落的北国天空。

跟随奥汀的人群中有位名叫艾琳的美女，如白桦树般明朗，令布恩由衷爱恋。由于奥汀允诺给予不死之泉，一想到两人能够长相厮守，布恩心中便有无限喜悦。

不久，人们终于来到了与虹接触的土地。虹就是由活泼生动的色彩组成的桥，美得令人目眩。遥远的彼岸就是不断涌现的钻石光包围的生命之泉，要走到生命之泉，必须逆游过恐怖的激流，而那激流又深、又宽、又急。

彩虹桥上有番人，那是黑发、面孔庄严的神。奥汀要番人打开彩虹桥的门，让这些人到对面饮生命之泉。守门人打开门，说道:“请通过此处饮用生命之泉，如此便能得到不死之力，但只有最初饮用者可以永远跟随在奥汀神的右手边。”

接下来，便是蜂拥而至的水潮。大家燃起希望之火往前冲，后面的布恩因为在路上遇到乞丐，迟到了，也没听见守门者的话。当布恩正踏上彩虹桥时，那守门人拉住布恩的手往后使力拽:“布恩啊！有力、高贵、雄壮的年轻人啊！彩虹桥不是你的东西！”

布恩的脸立刻暗了下来，说道："为什么你不让我饮不死之泉呢？"年轻人勃然大怒。

守门人指着桥下汹涌的急流，说："彩虹桥不是你的道路。我会为你开一条路，通过水流后，对岸便有生命之泉。"

"你是存心要愚弄我吗？"布恩绷着脸问，接着他向奥汀合掌，"您不是也和其他人一样，赐予我永恒的生命吗？请遵守您的约定，让守门者放我通过吧！您的话，守门人一定会听的！"

这时候，奥汀只是看着这位年轻人的脸沉默伫立，年轻人的心中充满难以言喻的苦痛。

"如果害怕渡河，最好回去吧！"守门人说。

"不要！"布恩疯狂地叫了起来。

"没有艾琳的人生，我宁愿死在急流里！"年轻人扑的一声投进河里。波涛一波波地袭击布恩，旋涡将他投往尖锐的岩石，年轻人四周一片黑暗。他已经瞎了，什么也看不见，四处除了轰隆隆的水声，什么也没听见。布恩清楚地感受到被尖锐岩石刺伤的身体几番与水流战斗，结果都被抛了出来。即使如此，一想到心爱的艾琳，战斗的力量便如浪潮般涌上来，经过长途艰苦的旅行，布恩终于到达了彼岸。

这时的布恩已经奄奄一息，站也站不稳，衣衫破烂不堪，血从大的伤口流出来。他稍一留神，发现不死之泉就在身边，年轻人摇摇晃晃地来到水边，饮用清清流水。瞬间，伤痛、疲惫一消而散，年轻人重新站了起来，呈现出拥有不死之力的美

丽神像。

人们陆续渡过彩虹桥，但都太迟了。历经千辛万苦，只有布恩可以永远留在奥汀神身边。

彩虹消失，十月夜影已经降临。

“长生不老不知是什么滋味。”达林喃喃说道。

“久了还不是会厌倦？但在没得到时，却是大家梦寐以求的。”说故事的女孩说。

第二十九章

恐怖的影子

第二天早晨，我们都早起借着烛光换衣服，走下楼后发现说故事的女孩已经在厨房了，她若有所思地坐在莉莎·霍特的蓝衣箱上。

“你们猜怎么了？彼得患麻疹了。他整晚痛苦，罗佳舅舅说非叫医生来不可。他病得太重，不能回家，所以请他母亲过来照顾。彼得恢复之前，我要在这里住一段时间。”

真是喜忧参半。忧的是彼得患麻疹，喜的是一想到能和说故事的女孩一起生活，就觉得高兴，这么一来，一定可以听到不少故事。

“麻疹不是会传染吗？十月又不是麻疹的流行季节，怎么会得麻疹呢？”菲莉思蒂问。

“我想麻疹是没有季节性的。”雪莉说。

“大概是彼得上次回家时，在马克汀被传染的。”说故事的女孩说。

接下来的两天，我们非常忙碌，连说话的时间都没有，只有在寒气逼人的日暮时分，才能和说故事的女孩在黄金王国散散步。最近，她在奥莉比亚姑妈房间发现了两本古代神话和北欧民间故事，一些仙女、神明好像又来到了这个世界。

到了第三天，说故事的女孩脸色苍白地回到我们身边，带来了坏消息："彼得非常严重，不但患麻疹……还得了感冒。照医生的说法……彼得，彼得……也许没办法好起来。"

我们都不敢相信地围在她身旁。

菲利克终于出声了："你是说，也许……彼得会死？"

说故事的女孩点点头说："也许……"

雪莉哭了起来，菲莉思蒂一脸怒气地说："今天怎么摘苹果嘛！根本没心情了。"

是的，没人有心情摘苹果，大人也很同情地表示今天不用摘苹果。我们互相安慰着逃到果树园。四周充满了幸福的回忆，与今日苦涩的心情有天壤之别。

彼得会死？老人会死，大人会死，小孩怎么也会死呢？难以相信……我们坐在苔石上，想到彼得的不幸，连达林都哭了起来——只有说故事的女孩除外。

"雪拉·斯大林，你怎么这么冷静？你和彼得感情很好啊！这时候怎么连泪水都没有呢？"菲莉思蒂问。

我盯着说故事的女孩干痛的眼睛，突然注意到，她的哭泣姿态是前所未见的。

"如果我能哭的话……"说故事的女孩连哭都哭不出来了。

“唉！我真不该说彼得没有资格当我们的朋友。要是彼得能复原，我再也不说这种话了——也不再这么想，他真的是个好孩子。”菲莉思蒂说。

“他不但有礼貌、性格好，而且亲切。”雪莉叹息道。

“他是个绅士。”说故事的女孩说。

“没有像彼得那么正直的人了。”达林说。

“他是工作高手。”菲利克说。

“罗佳伯父说过，他没见过像彼得那么讲信用的孩子。”我也说道。

“现在说这些赞美话都太迟了。”说故事的女孩说。

“如果他好起来，我一定要告诉他！”雪莉说。

“他吻我的时候，我真不该打他耳光。当然，被男孩子亲吻是件令人受不了的事，但我应该冷静一点，不应该说最讨厌他。真后悔，彼得如果就这么死了，我连向他解释的机会都没有了！”菲莉思蒂继续说道。

“彼得死后不知道可不可以上天国。他是个好孩子，但不是教会会员。”雪莉哭泣着说。

“但他是长老派啊！不是吗？像他那么有礼、亲切、正直的人，一定不会被送到那讨厌的地方。”

“我也认为没问题。可是，他是今年夏天才开始上教会和主日学校的。”雪莉叹息道。

“那是因为他父亲离家出走，母亲又要赚钱养家，这才被耽误的。上帝一定会原谅这种事的！”菲莉思蒂拼命为彼得辩护。

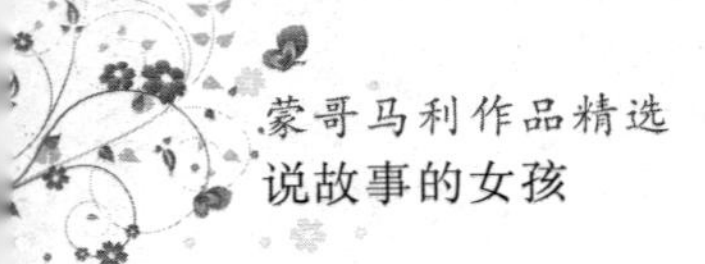

“彼得当然会上天国，小孩子都会上天国！但我不希望他去任何地方，只希望他在这里和我们一起快乐地生活。天国当然是个好地方，但我想彼得一定更希望和我们一起在这里生活。”说故事的女孩说。

“雪拉·斯大林！”菲莉思蒂发出指责声，“这个时候你还说这么轻松的话，真是个怪人呢！”

“你不认为这里比天国好吗？菲莉思蒂·金克，你摸着良心回答我！”说故事的女孩反驳道。

菲莉思蒂哇地哭了出来，逃开了这个问题。

“只要对彼得有帮助，我什么都愿意做；但我什么也做不到，天啊！”我说。

“只能做一件事——祈祷。”雪莉温柔地说。

“我要拼命祈祷！”菲利克说。

“我们一定要做好孩子，这样祈祷才有效！”雪莉提醒大家注意。

“这倒简单，我好像一直都是好孩子。”菲莉思蒂松了一口气地说。

我们每个人都真诚地祈祷彼得快点儿恢复，连总是抱持怀疑态度的达林也不例外。死亡的阴影好像在检验我们坚定的意志，不管是大人还是小孩，都发觉到自己柔软的一面。

接下来的一天，彼得依然丝毫没有起色，奥莉比亚姑妈表示，彼得的母亲只有不断地悲伤叹息。我们已经不敢要求不工作，相反，还比平常更用心地工作，想借此来减少沉重的心灵悲苦。到了下午，加妮特伯母送派来，但没人吃得下，一想起彼得最喜欢吃苹果派，菲莉思蒂先哇地哭了起来。

我们都刻意当好孩子，就像天使一般，是不自然的好孩子，像这么温柔、亲切、体贴的孩子，相信别处是找不到的了。菲莉思蒂和达林度过了有生以来没有争吵的一天；雪莉星期六下午没有上发卷，表示不要虚荣地度过。

晚一点，茱蒂·比诺拿来雪拉·雷恩滴满泪水的信。由于彼得患麻疹，雪拉·雷恩不能上山丘农场，于是托茱蒂将信送来。

雪莉没回信，雷恩夫人有令，不准从山丘农场带任何信回来，怕被麻疹传染。

我亲爱的雪莉：

我刚刚听到可怜的彼得的不幸消息，真不知该如何形容现在的心情，从早上一直哭。啊！真想飞到你身边，可是母亲不答应，怕我传染到麻疹，但如果因此被你们抛弃的话，那比得麻疹严重十倍。

从“审判日”起，我比以前更听母亲的话。如果彼得有什么三长两短，你们有谁能见到他，请代我转达关怀之意，说我非常哀痛，我想有一天我们会在更美的世界会面。学校没什么特别的事，老师对听写很严格。吉米·佛尔恩昨晚祈祷会后，与莉娜·卡文一起回去。莉娜才十四岁，这么小就开始交往，真令人吃惊！我们绝不可像他们那样！

威利·佛雷萨最近在学校好像很寂寞。好了！不能再写

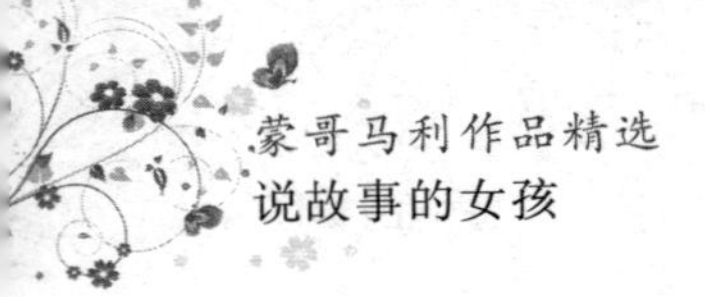

了，母亲说我写信的时间太长了。有什么消息的话，请交由茱蒂转达。

你真诚的朋友

雪拉·雷恩

PS：希望彼得真的能够好起来，母亲说冬天要为我做一件新上衣。

夜悄悄来访，我们轻轻的叹息声混入枞树林。不知谁在街上唱歌唱得好大声，和我们的不幸形成强烈对比，如果彼得……彼得……不，彼得如果不再起来，我们将沉浸在悲伤之中，人生快乐的音符也将在此停止。我们如此不幸，世界上其他人能幸福吗？

这时候，奥莉比亚姑妈缓缓走过来，她永远像个美丽的女王。即使在这个节骨眼上，我们仍认为奥莉比亚姑妈很美，就算现在用大人的眼光来看，她依然是位难得的美女。“可怜的孩子们，我来告诉你们好消息。刚刚医生表示，彼得病情大有进展，应该很快会好起来。”

我们都默然了，静静盯着她。上次听到巴弟好起来的消息时，我们一阵狂欢，这次却出奇地安静。我们太靠近黑暗、恐怖、灾祸了，即使这些影子突然散去，那冷空气还是在头顶飘浮。

瞬间，说故事的女孩从针枞树上滑下来，号啕大哭起来。

我从来没听过人的哭声如此天崩地裂，女孩子哭对我而言，是熟悉得不能再熟悉的事；但女孩子的这种哭法，我还是头一次见到，和我曾见过一次的父亲的哭法相同。

“拜托！雪拉！不要哭了！”我摇晃着她的肩说道。

“你真是个怪人，彼得也许会死的时候，一滴眼泪也不流，现在听见他好起来，反而哭成这副德性，真是奇怪！”菲莉思蒂以温柔的语调说道。

“雪拉！好孩子！来！起来！”奥莉比亚姑妈扶着说故事的女孩走回家，哭声渐渐消失，我们的恐惧离去之后，大家一跃而起。

“哇！彼得好了！太棒了！”达林兴奋地叫道。

“有生以来，第一次这么快乐！”菲莉思蒂浮现出害羞的微笑说道。

“今晚得告诉雪拉·雷恩这个消息，否则今晚她一定很不好过。”体贴的雪莉说。

“我们可以到雷恩家门口等茱蒂啊！”菲利克说。

我们拼命往雷恩家跑，但在门口遇见的不是茱蒂，而是雷恩夫人。她不高兴地问我们到底什么事，我们说明原因后，她很高兴地说太好了，并答应会将这个好消息传达给雪拉。“雪拉已经睡了，她这个年龄的孩子必须早睡。”

我们感谢家里的大人们和雪拉的母亲不同。接下来的两个钟头，我们将场所移至谷仓，达林用萤火虫做灯，大伙儿坐下来享用下午没吃的苹果派，并感谢人生再度充满喜悦。

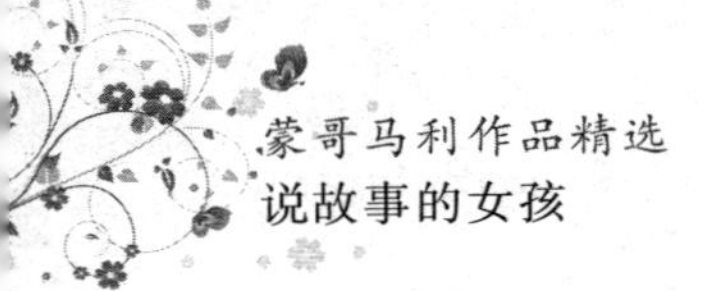

“明天一早，我要做一个大型派！真好玩，昨夜只一心一意想祈祷，今夜却一直想烹饪！”菲莉思蒂说。

“我们不要忘了感谢上帝治愈彼得！”回家的路上，雪莉又提醒大家注意。

“你当初真的以为彼得不会好吗？”达林问。

“达林，你怎么问这种问题？”雪莉生气地问。

“不知道，只是突然出现在脑海中。不过，今晚祈祷时，我还是会向上帝道谢的！”

第三十章

珍贵的友谊

脱离危险期后，彼得恢复得很快，由于必须在病床上躺一段时间，有一天，奥莉比亚姑妈建议我们写信给他。这真是一个好建议，今天正好是星期六，摘苹果的工作也结束了，于是我们聚集在果树园写信。雪莉首先通知雪拉·雷恩也写一封，然后，大家在梦境笔记本的空白纸上开始写信给彼得。

雪莉写道——

彼得：

听到你身体好起来的消息，我心里非常高兴，真是谢天谢地！我们很担心你熬不过礼拜二，心中万分恐惧，连菲莉思蒂也一样。我们都拼命为你祈祷，也许其他人已经停止，但我至今仍每晚为你祈祷，我担心你再度发生灾难（这个词也许不太适合，由于孩子们手边没有字典，又害怕问其他人会被取笑，所以会出现一些错字或错误用法），所以不停地为你祈祷。

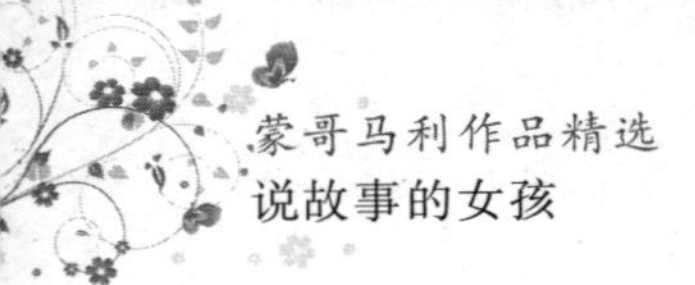

我们已经将苹果采收完了，很想去看你；但大人们说不可以，怕会传染，如果你不快点儿好起来，我宁愿被你传染。如果我真的得了麻疹，发生什么三长两短，菲莉思蒂一定会把她心爱的碟子送给我。其实，我身边已经没有真正重要的东西了，我早已将最心爱的水壶送给了雪拉·雷恩。如果你想要什么，请告诉我，只要我有，一定给你。说故事的女孩最近说了许多有趣的故事给我们听，她真是个聪明的孩子。不过母亲曾说，只要是好孩子就好，即使不聪明也没关系；但我连好孩子都不是。

以上就是我想告诉你的事情，另外就是，我们大家都很想念你。彼得，你生病的这段时间，大家一直称赞你，等你好了我再告诉你大家说的话，还是现在说好了——我们都说你是个头脑好、有礼貌、亲切、勤劳的绅士哟！高兴吗？

你真诚的朋友

雪莉·金克

PS：希望你回信给我！

菲莉思蒂写着——

彼得：

奥莉比亚姑妈建议我们写慰问信给你。你复原得很快，大家都很高兴。当初听到你可能没命的消息，真是受到很大的打

击，还好，那段时间很短暂，否则恐怕现在都还没恢复呢！请注意，别感冒了！医生说你已经可以吃东西了，我会烤些好吃的东西给你吃，还会借你我心爱的蔷薇花瓣盘子，那是我的宝物，很少让人用的，请小心，别摔破了！

由衷祈祷我们别被麻疹传染，我想那一定是相当严重的病。目前，大家都很健康，说故事的女孩和以前一样总是说些与众不同的话。

你一定以为菲利克瘦了吧？正好相反，他比以前更胖了。也难怪，吃那么多苹果怎么能不胖呢？他已经放弃吃苦苹果了。

从玄关的记号来看，伯利比七月长高了半寸，他高兴极了。我说那是魔法种子的功效，他气得半死；如果是说故事的女孩说的话，他就不会生气了；但说故事的女孩有时说话也蛮讽刺的。达林还是一样不讲理，我一直很忍耐。雪莉很好，表示已经不在乎直发了，真是个乖孩子，其实，自然的样子最好，不是吗？

自从你生病后，我们就没见到雪拉·雷恩。雪拉一定非常寂寞，茱蒂说她整天都在哭，但也没有办法，谁叫她母亲不让她出来呢？真庆幸，我不是雪拉。她也写信给你，可以让我看吗？

你现在可以喝墨西哥茶，那可以清血。冬天，我应该会有一件新的藏青色上衣，比雪拉·雷恩的茶色上衣还漂亮——雪拉·雷恩的母亲没什么审美观。说故事的女孩的父亲从巴黎寄给她一件红色上衣，还有一顶红色帽子。她最喜欢红色，我就

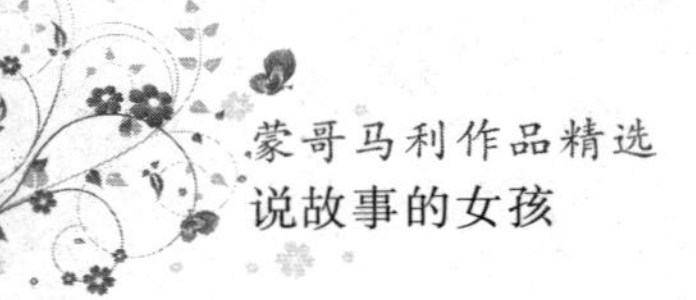

受不了红色，看起来太粗俗了，你认为呢？

彼得，我已经说完了，就此停笔。

祝你早日康复。

菲莉思蒂·金克　亲笔

PS：说故事的女孩说应该写“你心爱的××笔”，但我很了解该怎么写，《家庭指南》上经常会教我们怎么写信给普通男性朋友。

菲利克是这么写的——

彼得：

听说你恢复得很快，心里很高兴。当初听到也许你好不起来的消息时，大家都很悲伤，尤其我最近和你处得不好，常常和你吵架，更是伤心。彼得，真对不起，以后你可以随心所欲地祈祷，我不会再反对了。当时阿雷克伯父出面阻止我们打架，真得感谢他，否则我们不知会打到什么地步呢！

苹果已经采收完，现在没什么事做，日子过得很悠闲，我们都希望你能和我们一起玩。我比以前瘦多了，我想是拼命摘苹果的结果吧！

女孩子们都很好，菲莉思蒂还是和以前一样，一副大姐模样。她会做很多好吃的东西，为了预防麻疹，我们暂时不去学校。现在只想起这些事，其他的等你好了再谈吧！请记住，你

可以随心所欲地祈祷。

菲利克·金克

雪拉·雷恩的信是这样写的——

彼得：

我从来没写过信给男生，有什么不对的地方，请原谅！

听说你已经恢复，心里非常高兴。当初听说也许你会死，真是担心得不得了。我哭了一整夜，但那都是过去的事了，只不过，这件事真的令我感受深刻。你一定也有一番感受吧？是不是像再生一样？你一定觉得很恐怖吧？

母亲一直不让我上山丘，如果没有茱蒂·比诺，我真的会死掉。茱蒂心地很好，很同情我。当我独处时，我就翻翻自己的梦境笔记，还有雪莉以前写给我的信，借以打发时间，从中找到寄托。我也看学校图书馆的书；虽然都是好书，但我希望恋爱小说多一点，我最喜欢看爱情故事了。彼得，如果你真的死了，你父亲听到这个消息，是不是会急忙赶回来？

今天真是好天气，微风下的大自然多美啊！

麻疹的危险不久就会过去，大家又可以在令人怀念的山丘上相会，我衷心地期待着！

你真诚的朋友

雪拉·雷恩

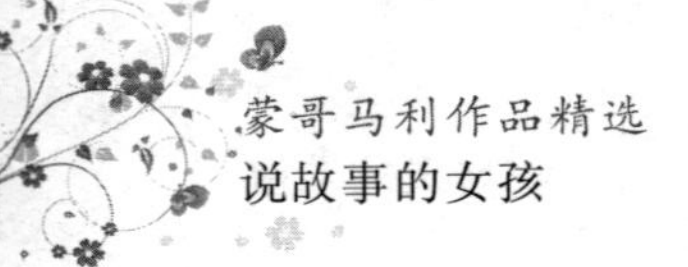

PS：请别将这封信给菲莉思蒂看。

达林的信则写道——

彼得：

你好！托医生之福，你好得很快，真令人高兴。你可知道，这段时间女孩子们的哭声真是没有间断啊！

女孩子们现在正准备做冬装，每天谈的尽是这些话题，无聊死了！说故事的女孩得到从巴黎寄来的衣服，菲莉思蒂很在乎，虽然她装出一副满不在乎的样子，但我看得出她的心事。

星期四，凯蒂·马恩来看女孩子，说麻疹已经结束了。不必担心。她真是懂得说笑的女孩，我们喜欢爱笑的女孩，你也一样吧？

昨天贝克·保恩来过我家，说故事的女孩急忙将巴弟藏起来，还说不相信诅咒之事呢，都急成那副德性！贝克说她要点儿酱菜和烟，母亲给了她一点儿酱菜，表示没有香烟，我想贝克·保恩应该不会诅咒吧！

我很不会写信，就此结束吧！

愿你早日康复。

达林

说故事的女孩信中写道——

彼得：

真的很高兴你身体有了起色！获知你病危的那些日子里，我度过了一生中最痛苦的时光，如果你真的死了……不，太恐怖了，我真不敢想象，世界会变成什么样子。得知你度过危险期时，心中那种高兴真是难以言喻。彼得，快点儿，拜托快点儿好起来，我们想你想得要死！我说服阿雷克舅舅，等你复原后再烧马铃薯茎，我记得你最喜欢看烧马铃薯茎了。加妮特舅妈表示，现在是最易燃烧的时节啊，恐怕等不及了；但阿雷克舅舅答应了我的要求，罗佳舅舅的部分昨天已经烧了，很有趣！

巴弟很好，自从那次病得死去活来之后，就没再生过病。我本来想让它陪你玩，但加妮特舅妈怕它会将麻疹带回来，所以不答应，尽管我再三拜托也不成。加妮特舅妈对我们很好，但我知道，她并不喜欢我。她曾说过，我到底是我父亲的小孩，我知道那并不是一句好话，当她知道我听见那句话时，表现出了奇妙的神色，没关系，我喜欢像我父亲。

这星期收到了我父亲的来信，真是精彩的一封信，还有好多张我喜欢得不得了的画。父亲现在正画一件大作品，等成名了，不知加妮特舅妈会怎么说。

彼得，我想我昨天终于看到祖先的幽灵了。我看见阿雷克舅舅的树下站着一个穿衣服的人，我心脏都快跳出来了，吓得不得了，等我用手一摸，才发现原来是粘上去的。见到幽灵，真不是什么愉快的经历，如果看见，我就能一跃而为故事的主角了。

彼得，你猜怎么样？我已经和笨先生成为朋友了，没想到那么简单。昨天，奥莉比亚阿姨要我到森林采羊齿草，我发现泉边有几株挺不错的，走近才发觉笨先生坐在那里，于是我们开始聊天，聊得很投机。笨先生根本一点儿也不笨，他的瞳孔很漂亮，虽然没说出他的秘密，但我相信，他终有一天会告诉我的。

我当然没问他有关爱莉丝房间的事，但我称赞他的茶色笔记，并告诉他我喜欢写诗。他表示偶尔也写写诗，但没提到笔记的事。不过没关系，我不喜欢像雪拉·雷恩那样，第一次和陌生人见面就说个不停。道别时，他说:“希望还能再见面！”而且将我当淑女，很有礼貌地对我说呢！我相信我们一定能再见面，下次我要穿长一点儿的裙子。

今天，我说了一个美丽仙女的故事给他们听。我们边逛针枞林边说故事，针枞林符合仙女故事的气氛。菲莉思蒂说换不换场所根本没什么不同，但我觉得有差别，气氛有异。真希望当时你也在场，等你痊愈，我会再说一次给你听。

艾草现在称为阿普鲁林奇，伯利告诉我们，这是苏格兰语，听起来更像诗句吧？菲莉思蒂说真正的名字是“少年之恋”，真荒唐！

彼得，为了让你笑一笑，我将昨晚阿雷克舅舅说的一则短故事写下来给你看，除了加妮特舅妈，我们都捧腹大笑；因为

主角是舅妈的祖父，舅妈不笑情有可原。

一天，加妮特舅妈的曾祖父回家对加妮特舅妈的爷爷说：“喂！今天我在大甩卖场买了一架钢琴，明天运回家里！”

第二天，加妮特舅妈的爷爷便拿着一组缆绳乘着马出去，打算将钢琴运回来，他以为钢琴是一种生物呢！

怎么样，好不好笑？我写得太长了，菲莉思蒂一定会不高兴，还是停笔吧！

如果这封信是由你母亲代读的话，也许有许多她不懂的地方；如果是洁恩姑妈，就一定能理解。

你永远亲密的朋友
雪拉·斯大林

我自己的信就不写出来了，除了第一段表示对他康复的欣喜之外，其他已经忘得一干二净了。

彼得收到我们的信，当然很高兴，并用消过毒的信纸给我们回信。

彼得给大家的回信中写着——

各位亲爱的朋友，尤其是菲莉思蒂：

收到你们的来信，我心中有说不出的高兴！生病是很痛苦的事，这段漫长的恢复期相当难熬。大家来信都很好，最好的是菲莉思蒂，其次是说故事的女孩。菲莉思蒂答应烤东西给我吃，还答应将心爱的盘子借我用，我真是太感动了。我一定会小心拿着，不让它掉在地上。但愿你别得麻疹，不过，即使菲莉思蒂脸上长出一颗颗红斑点，还是很可爱。你建议我喝墨西哥茶，我母亲说不行，我也没办法。

听到雪莉至今还为我的病祈祷，真是开心！尤其是我想要什么，她都会给我，真是位体贴的好女孩，令我有说不出的欣喜。

很可惜，没在得麻疹之前读完《圣经》，现在由母亲念最后一章给我听，这真是一本了不起的书！我只是个雇佣人，无法了解其中所有的意思，但至少我知道，里头有不少感人之处。

很感谢各位这么看重我，我今后一定更加努力。对于各位的好意，我心中的感激难以言喻。现在，我一直将说故事的女孩送给我的说教奖的绘画放在床边，我好喜欢看它，真的很像洁恩姑妈。

菲利克，我已经不再祈祷上帝只让我一个人吃下苦涩苹果，以后再也不会这么做了！以前不了解，躺在病床上仔细思考后，才发觉自己太自私了。洁恩姑妈一定也不喜欢我这么做，今后，我一定要好好祈祷。

雪拉·雷恩，我恢复之前并不知道也许会死，所以不了解面临死亡的心情。母亲说过，麻疹侵入体内后，整个人好像都变了，像是疯狂了起来。雪拉，你拜托我的事情，我会保密，

尽管那很困难。

真高兴贝克·保恩没将达林抓去，也许在我们去她家那晚，她诅咒了我吧，我才会得麻疹。

真高兴金克先生等我复原后才烧马铃薯茎，更高兴说故事的女孩为我请求这件事，谢谢！总有一天，你会知道爱莉丝的故事。说故事女孩的信中有些我不太清楚的地方，麻疹进入体内后，我变得有点儿笨笨的。

不管怎么说，每封信都令我愉快。一个雇佣人能有这么多好朋友，真是太感谢了！要是没得麻疹，还不了解各位友情的可贵呢！我很高兴得了麻疹，但祈祷别再来第二次。

忠实的仆人

彼得·克雷格

第三十一章

光与暗的夹缝处

彼得回到我们身旁的那天，大家在果树园举行了一个欢迎野餐会，连雪拉·雷恩也被允许参加。她和雪莉好似久别重逢，彼此啜泣拥抱。

这是一个大好的天气。十一月看起来像五月，空气很柔和；白云轻轻飘浮在山谷间的白桦树上；虽然苹果树叶变红了，但还挂在树上，另有一番韵味；苹果花间飞舞的蜜蜂，嗡嗡地发出催眠曲。

“这不是和春天一样吗？”菲莉思蒂说。

说故事的女孩摇摇头：“不是和春天一样，而是乍看之下根本就是春天，却不是春天。”

彼得面前摆了一个上面刻有“欢迎归来”字样的蛋糕，这是菲莉思蒂特制的蛋糕。

“为我这么辛苦，真不好意思！”说着，彼得向菲莉思蒂投以感谢的眼神，菲莉思蒂悄悄地接受了。

“用点心之前必须祷告，谁来说？”在庆祝桌前，菲莉思蒂说。

她看着我，我脸红地摇摇头，害羞地保持沉默。突然，菲利克闭上眼睛低下头开始祈祷，当他祈祷完毕，我只能以尊敬的眼神盯着他。

“菲利克，你是从哪里听来的？”我问。

“吃饭时听阿雷克伯父这么祈祷的。”菲利克回答。

“来！吃吧！”菲莉思蒂轻松地说。

实际上，这是一个小型宴会。为了增加“食欲”，我们午餐都没怎么吃，这时，觉得蛋糕分外地美味。巴弟坐在说教石上，用理解的眼神看着我们，真是一只机灵的猫咪。我们响亮的笑声贯彻云霄，金克家的果树园，大概从未如此热闹过吧！

马铃薯茎堆在田中央，我们被赐予点火的机会，啊的一瞬间，稻田燃起熊熊大火，刺眼的黑烟卷入云层，我们边叫边跑，真是有趣极了！

“我知道一个看见恶魔的人的故事，怎么了，菲莉思蒂？”说故事的女孩说。

“我听到那个词总是无法平静，你可以用别的名称嘛！”

“那有什么关系？继续！”我充满好奇地催促说故事的女孩。

“这是住在马克汀的强森·马奇夫人的伯父的故事，罗佳舅舅告诉我的。

马奇夫人的伯父名叫威廉·卡文，于二十年前去世。但在六十年前，他还是位粗暴的不良少年，只要你想得出的恶行，他都做遍了。那个人根本不上教会，讥笑宗教的东西是恶魔，

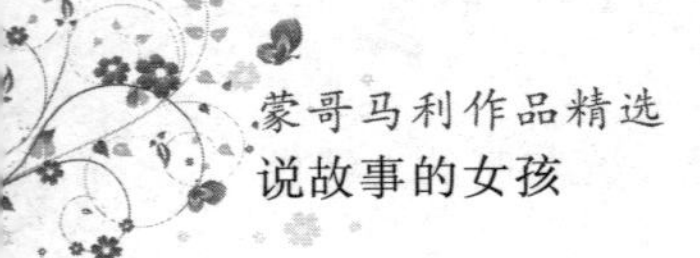

这真是连恶魔也无法相信的事。

一个星期日傍晚，他母亲试着约他一起上教会，他说不想去，并对母亲说，宁愿去钓鱼。到了该上教会的时间，他拿起钓竿，嘴中一面哼着粗俗的歌，一面毫不在乎地通过教会门口。从教会到港边的途中，有一片黑暗的针枞林，威廉回程到森林的半路上，觉得好像森林中出现了什么东西。

“什么东西”使我们毛骨悚然，我感觉雪莉冰冷的手抓住了我的手。

“那是什么东西？”菲利克喃喃问道。

那是又高、又黑、毛茸茸的东西，那活生生的手拍了威廉的肩膀一下，又拍了另一边肩膀一下，说道：“兄弟，钓了不少鱼哟！”威廉大叫一声往前猛跑，教会入口处的男人们听见尖叫声，均往森林跑去看个究竟，结果只发现了昏倒在路上的威廉·卡文。

大家合力将威廉扛回家，让他躺在床上，脱下衣服一看，两肩上各有个大手印，是烧焦的烙印。火伤必须经过数周才能治愈，痊愈后疤痕永远不会消失。有生之年，威廉·卡文就一直带着恶魔的大手印生活在世上。

故事说完之后，我们都恐惧地望望四周，深怕出现什么东西。幸好，这时阿雷克伯父出现，说是天晚了来带我们回家。

“我才不信那种鬼话呢！”达林说。

“你为什么总是不相信呢？那不只是在书本上出现，也不是不知名的地方，而是发生在马克汀的事啊！我也看过那个针枞林啊！”雪莉说。

“我只是不相信威廉看见恶魔而已！”

“住在马克汀的蒙利森伯父当时也是为威廉脱衣服的人之一，他至今还记得那双手印呢！”说故事的女孩说。

“后来，威廉·卡文变成了什么样的人？”我问。

“换了一个人似的，变太多了。从此他不再笑，变成了一个很深沉的人。这虽是好事，却太过深沉，认为一切快乐的事都是罪恶，饮食方面也一样，只吃生存条件最基本的食物。罗佳舅舅说威廉可以成为罗马的修道士，但在长老派眼中，就只是个怪人而已。”

“罗佳伯父是不是曾被恶魔拍过肩膀？碰上这种事，没有人不变的！”彼得说。

菲莉思蒂语气强烈地说：“拜托，你在教会方面是个晚辈，不要随便批评！我听了真害怕，以后听见父亲的脚步声，不知道会不会认为‘什么东西’的声音是自己的父亲呢！”

说故事的女孩拉起菲莉思蒂的手安慰道：“别害怕，我还会讲其他故事给你们听，那是美得可以让你忘记恶魔的故事。”

说故事的女孩接着又说了一则美得无与伦比的故事，她的声音将我们心中的恐怖感驱逐。现在，我们眼前的山丘上只闪耀着温暖的灯火，等待着我们归去。

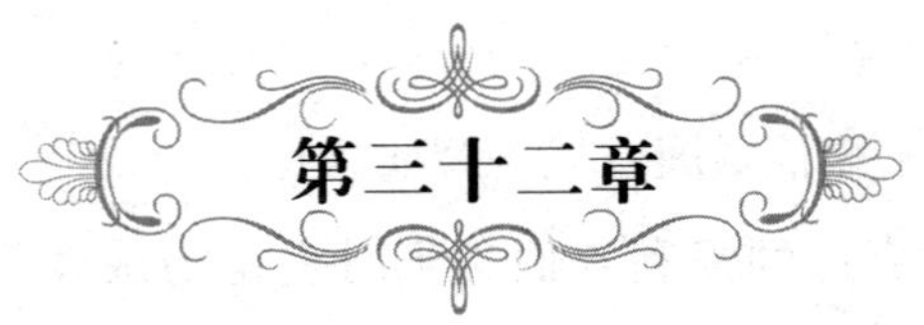

第三十二章

蓝衣箱打开之日

十一月，竟从五月的梦中清醒；餐会第二天降下冷冷的秋雨，睁开眼睛放眼望去，世界一片濡湿，雨像泪水般从屋檐滴下。

今天是星期五，我们要到下周一才上学，所以大伙儿到谷仓挑苹果、说故事。傍晚，雨停了，风却使我们感觉冻了起来，遥远彼端深沉的黄色日落，似乎在预言明日。

菲莉思蒂、说故事的女孩和我走到邮局拿信。枯叶在我们眼前跳上跳下，仿佛跳着独特的舞步，虽然天色不佳，我们心中却拥抱着夏日之光。

说故事的女孩收到父亲的来信；雪莉收到学校朋友的来信，斜上方还注明“急件”；另外一封来自蒙特利，是给加妮特伯母的信。

“这是谁寄来的？怎么会有蒙特利人寄信给母亲呢？雪莉的信是艾姆·佛尔恩寄来的，每次也没写什么，却总是注明‘急

件’！”菲莉思蒂说。

回家后，加妮特伯母读完信，抬头以惊愕的眼神看看大家。

“该来的总是会来！”

“到底什么事？”阿雷克伯父问。

“这封信是蒙特利的詹姆士·霍特夫人寄来的。”加妮特伯母停顿了一会儿，说：“莎莉·霍特死了，临终时，只交代詹姆士夫人告诉我，那个蓝衣箱可以打开了。”

“万岁！”达林叫道。

“达林·金克，莉莎·霍特是你的亲戚，她去世了，你那是什么态度？”加妮特伯母斥责道。

“我又没见过她，而且我也不是指她死这件事万岁，我是说终于可以打开蓝色衣箱了，万岁！”达林嘟起嘴解释。

“可怜的莉莎·霍特死了？真遗憾——她应该七十五岁了吧？我记得她眉清目秀，是位端庄有人缘的女人。这么说，我们可以打开她的蓝色衣箱了，有没有说如何处置那些物品？”阿雷克伯父说。

“莉莎有遗言。”加妮特伯母回答后继续看信，“结婚礼服和腰带及信件烧掉，两个水壶送给詹姆士夫人，其他东西分送给亲戚，一人一件。”

“太好了，可不可以今晚就打开？”菲莉思蒂问。

“不行！”加妮特伯母很干脆地拒绝，并叠起信件。

“那个蓝衣箱已经锁了五十年了，再多一晚也没什么差别。现在开的话，你们这些孩子一定会睡不着，沉迷在那些物品中。”

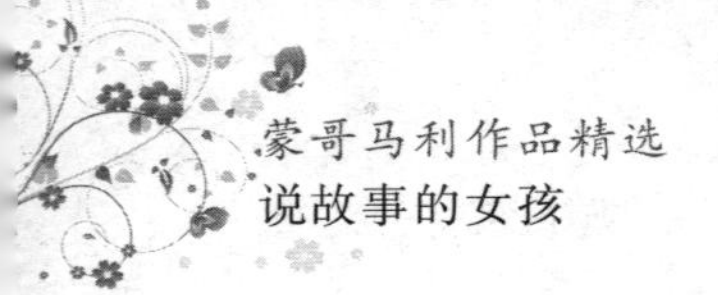

“反正也睡不着，要不然，明天一早就开，怎么样，妈咪？”

“不行，得等罗佳和奥莉比亚来才可以，就明早十点吧！”加妮特伯母下了决定。

“还有十六小时。”菲莉思蒂叹息道。

“我现在立刻通知说故事的女孩，她一定很兴奋！”雪莉说。

我们没有一个人不兴奋的。那天傍晚起，我们就一直猜测衣箱里究竟装着什么东西。夜里，雪莉更是做了一个悲惨的梦，梦见箱子里的东西都被虫蛀光了。

第二天一早，说故事的女孩就跑来了。雪拉·雷恩也收到了雪莉的讯息，一早赶来。菲莉思蒂讽刺她说:“雪拉·雷恩！她又不是你的亲戚，你没有资格在这里。”

“她是我最特别的朋友啊！不论什么事，她都是和我们一块儿的，如果我们不准她加入，她会很伤心。彼得也不是什么亲戚，他能在场，为什么雪拉不能？”雪莉抱怨道。

“彼得现在不是我们家的一员，也许以后是啊！对不对，菲莉思蒂？”达林说。

“达林，你说得太过分了！”菲莉思蒂羞红了脸。

“好像十点都不会到的样子，反正奥莉比亚阿姨和罗佳舅舅都来了，应该可以打开了嘛！”说故事的女孩显得迫不及待。

“母亲说十点就是十点，现在才九点！”菲莉思蒂板起面孔说。

“将时钟调快三十分钟，反正玄关的时钟停摆了，没人会注意的！”说故事的女孩说。

我们彼此互视。

“我不会啊！”菲莉思蒂说。

“那我来调。”说故事的女孩说。

当时钟敲响十点，谁也没注意九点才刚过。加妮特伯母进入厨房时，我们的脸色一定很奇怪，大人们一点也没怀疑，大家在肃静中等待蓝衣箱开盖。

真是令人期待的一刻，锁打开了。加妮特伯母和奥莉比亚姑妈将箱内物品一一拿出，摆在厨房桌子上。我们小孩禁止触摸物品，但还没有不准我们看和说。

“这是奶奶送的粉红色金花瓶。”奥莉比亚姑妈打开薄纸，上面散出许多金色小叶子。菲莉思蒂说：“不美吗？”

“哇！太棒了，和装水果的瓷器篮子真像，我常常梦见呢！妈咪，拜托让我拿一拿，一分钟就好！”雪莉又惊又喜地叫道。

“外公送的瓷器组！天啊！莉莎·霍特竟然将这些东西长期密封起来！”说故事的女孩说。

接下来拿出的是蓝色瓷器小烛台，以及应该是准备送给詹姆士夫人的两个水壶。

“这真漂亮，历经了百年，是雪拉·霍特阿姨送给莉莎的。我觉得送一个给詹姆士夫人就够了，不过，我当然不敢违背莉莎的意思！咦？这里有一打锡制的装派盘子。”加妮特伯母羡慕地说。

“看起来没那么罗曼蒂克嘛！”说故事的女孩不服地说。

“只要是装在里面烤出来的东西，什么都很美味，这是奶奶的仆人送给莉莎的。这是亚麻丝制品，爱德华·霍特伯父的赠

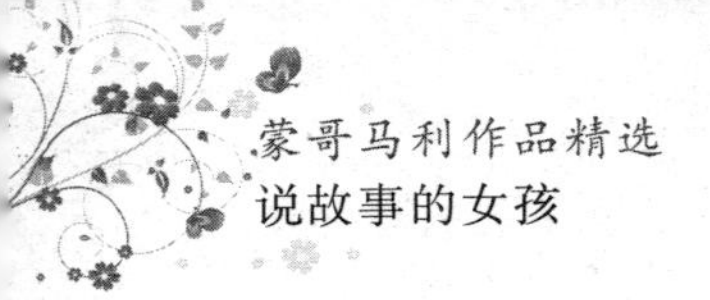

品。哇！怎么发黄了？”加妮特伯母说。

我们小孩从箱底收回探出的头，因为对剩下的桌巾、枕头布、床单没什么大兴趣；但奥莉比亚姑妈都爱极了：“天啊！加妮特，你见过这么古色古香的枕头布吗？”

“这里有一打手帕，上面都有绣花呢！”加妮特伯母说。

亚麻丝制品下面是莉莎·霍特的结婚礼服，看见这样东西，女孩子们都兴奋得昏了头，那是件有点儿泛黄的蕾丝制大型礼服。

“这是莉莎·霍特时代流行的模样，现在倒可以改做成长裙。”奥莉比亚姑妈说。

“别胡说了！这得烧掉！不过，这件紫色裙子倒是挺适合你的。”

“才不呢！看起来像幽灵，还是给你吧！加妮特！”奥莉比亚声音有些发抖。

“如果你不要，我就拿了！”

“可怜的莉莎·霍特，亲手缝了这些手帕，一条也用不上！咦？这是两人的照片呢！莉莎和威尔！”奥莉比亚姑妈说。

我们极度好奇地盯着古时候的银板照片。

“啊！莉莎·霍特称不上是美女嘛！”说故事的女孩失望地说。

的确，莉莎·霍特一点儿也不美，这是不容否认的。照片中的人显得生硬，虽说整齐，但少了一分柔美；黑色大瞳孔的脸庞外，黑鬈发垂在肩上。

“不过她的脖子和胸部不错！”奥莉比亚姑妈评论道。

“威尔·蒙达克倒是挺英俊的。”说故事的女孩说。

“英俊有什么用？”阿雷克伯父不屑地说。

我们想看看信件的内容，但奥莉比亚姑妈不允许，主张应该原封不动烧掉。她将礼服、腰带、照片、信件拿走后，将其他物品归回了衣箱。

加妮特伯母给我们男孩子每人一条手帕，说故事的女孩得到了蓝色烛台，菲莉思蒂与雪莉一人一个粉红色花瓶，连雪拉·雷恩也得到了瓷器小盘子。

“我要将它装饰起来，不用来吃东西。”雪拉欢天喜地地说道。

“哪有人把盘子拿来当装饰品的？”菲莉思蒂说。

“你吃醋是不是？”雪拉反驳道。

“我得到的烛台，打算每晚都用，而且会在点蜡烛时想到莉莎·霍特，要是她是个美女就更好了！”说故事的女孩说。

菲莉思蒂焦急地看了看时钟。“好了，全部结束了，真有趣！不过，得将时钟调回正确的时间，我讨厌早三十分钟上床！”

下午，趁加妮特伯母送罗佳伯父和奥莉比亚姑妈出门，顺便进城的时候，时钟被调回了原状。

“衣箱之谜解开了真好，但也有种失落的感觉，什么谜都没有了，现在，我也不能想象里面到底装什么了。”说故事的女孩若有所思地说。

“知道真相比想象还好。”菲莉思蒂说。

睡觉的时候，心中富有魅力的月亮女神在户外烟雪世界制造了仙女国，整个地面被一种神秘气氛所包围。

对面，说故事的女孩正在说古希腊女神海伦的故事给菲莉

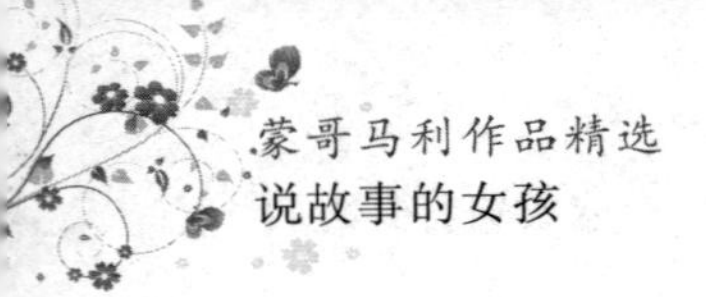

思蒂和雪莉听。

“真是不应该，海伦怎么可以抛下丈夫和别的男人逃跑？”故事结束后，菲莉思蒂说。

“四千年前也许是种罪恶，现在它已经成为名著流传下去了！”说故事的女孩说。

我们的夏季结束了！美丽的夏季！我们了解了平凡的喜悦与甘美，就连小鸟不也流连于绿色大地上的平凡吗？风与星、书与故事、秋与暖炉中的火，都成为好朋友。每日令人喜悦的工作、愉快的交往、成长、冒险，都成为我的所有物。

如今，被过去几个月的回忆所围绕的我，有一种充实感，体会到人生如此丰富，而展现在我们眼前的春梦如此广阔。春天一定会来，春梦一定相同，就算与想象不同，也一定比想象美丽多了！